Lydia Stilz

Rosen und Steine

Lydia Stilz

Rosen und Steine

Menschen, die mich berührten

SILBERBURG

Lydia Stilz, geboren 1928 in Schnait im Remstal, studierte Anfang der Fünfzigerjahre am Pädagogischen Institut in Esslingen und lehrte dann an Grund- und Hauptschulen. Von England über Indien, Thailand und Indonesien bis nach Australien, vom Nordkap bis zur Antarktis lernte sie die Welt kennen. Heute lebt sie wieder in ihrem Geburtsort.

1. Auflage 2018

Umschlaggestaltung:
Christoph Wöhler, Tübingen.
Lektorat: Kerstin Jaworski, Radolfzell.
Druck: CPI books, Leck.
Printed in Germany.

ISBN 978-3-8425-2117-9

Vorwort

Manchmol uf em Weag durchs Leaba
muescht a bissle innehalta,
muescht verschnaufa, om di gucka. –
's send so mancherloi Geschtalta,
manche gegawärtig nooch, andre ganget schao voraus,
viele kommet hentadrei
ond du schpürscht, bischt et alloa.

Als Neugeborene kennen wir zunächst nur eine Gestalt, unsere Mutter. Wie wir sie erkennen, daran erinnern wir uns nicht. Ist es ihr Herzschlag? Ihre Stimme? Ihr Geruch? Die Pränatal-Wissenschaft meint, in dieser Reihenfolge prägt die Mutter ihr Kind. Ihr Herzschlag bestimmt den des Ungeborenen von allem Anfang an. Dass das Kind im Mutterleib die Stimme der Mutter hört und darauf reagiert, ist erwiesen. Der Geruch der Mutter kann erst dann wirksam werden, wenn das Kind selbständig atmet.

Das Neugeborene erkennt auch bald den Vater, wenn er sich ihm liebevoll zuwendet, sich mit ihm beschäftigt, mit ihm spricht und mit ihm spielt. Auch die übrigen Verwandten, Geschwister, Onkel und Tanten, die Großeltern und die Nachbarn nehmen bald Gestalt an im Leben des Kindes. Dann werden sie auch zu Vorbildern. Die Kleinen ahmen sie nach, ihre Sprache, ihre Gestik, ihr ganzes Verhalten: Das Kind wird »gebildet«. Diese Bildung hält ein ganzes Leben lang an, auch bei Menschen, die keine Schule besucht haben oder nur kurze Zeit hingegangen sind. Das Leben erfordert Anpassung und Weiterentwicklung, wenn es gelingen soll.

Im Lauf des Lebens ändern sich die Vorbilder. Die Eltern sind manchmal nicht glücklich über die Freunde, denen sich die Heranwachsenden anschließen. Da ist es gut, wenn der junge Mensch schon früh zur Verantwortlichkeit und Kritikfähigkeit erzogen wurde. Dabei geben viele »geheime Miterzieher« Hilfestellung.

Unser Vater hat immer wieder betont: »Von mir könnt ihr alles lernen, wie man's macht und wie man's nicht macht.« Dazu gehört dann aber auch, dass der Vater mit den Kindern spricht und dass die Meinung der Kinder gehört wird.

Hier möchte ich von Menschen berichten, die mir im Leben wichtig geworden sind. Die Geschichten fußen auf eigenen Erlebnissen sowie auf Berichten, Erzählungen von anderen Menschen, die die Protagonisten meiner Erzählungen auch gekannt haben. Von den Eltern und Großeltern habe ich in einem meiner anderen Büchern ausführlich berichtet, darum gehe ich auf sie nicht mehr ein.

Es ist eine bunte Mischung von Menschen, die ich vorstelle. Manche habe ich lange gekannt, andere wieder nur kurz. Manchen bin ich wichtig geworden, anderen bin ich nur eine alltägliche, hoffentlich freundliche Erscheinung geblieben, deren sie sich am Abend nicht mehr erinnern. Ich bin ihnen wie der kleine Spatz, der im Augenblick vor meinem Fenster im Efeu herumhüpft und etwas abpickt, das ich nicht erkennen kann. An ihn kann ich mich auch bald nicht mehr erinnern, und doch ist er noch irgendwo und freut sich seines Lebens. So will ich mich zuerst der Frau zuwenden, die mich kannte, ehe ich bei Bewusstsein war, der Frau, die meiner Mutter half, dass ich ins Leben kam.

Tante Sophie

Die Hebamme

Die Tante Sophie kannte uns Geschwister alle schon, ehe wir sie kannten. Sie war die Hebamme, die hier in den Zwanziger- und Dreißigerjahren bis 1940 den meisten Frauen half, ihre Kinder auf die Welt zu bringen. Die allerwenigsten Frauen gingen zur Entbindung in eine Klinik. Nur wenn eine Problemgeburt zu vermuten war, dann riet die Hebamme den Frauen: »Gehst besser ins Krankenhaus!« Den Arzt im Ernstfall hinzuzuziehen, war sehr schwierig. Die meisten Haushalte hatten kein Telefon, auch die Hebamme nicht. Wenn sie gebraucht wurde, kam der Ehemann oder eine verwandte Person und klingelte an der Türe der Hebamme. Sie hatte auch eine Tafel an ihrer Haustüre, auf der sie jeweils vermerkte, wo sie sich gerade befand.

Es kam manchmal vor, dass mehrere Kindlein zur gleichen Zeit auf die Welt drängten. So erzählte mir eine Frau, dass die Tante Sophie zu ihrer Mutter gerufen worden war. Sie stellte fest, dass das Kindlein noch nicht so schnell kommen wollte. »Bei dir dauert es noch einige Zeit. Im Hagenbüchle steht auch eine Geburt an. Ich muss mal gucken, wie weit es dort ist.« So ging sie in die entfernte Straße und guckte. Der Weg dorthin war ziemlich weit, die Straße ging steil bergan, so konnte sie nicht mit dem Fahrrad dorthin fahren. Wie sie die beiden Frauen und ihre Kindlein versorgt hat, wusste meine Informantin nicht zu sagen. Sie war ja das eine Kind, dem die Hebamme auf die Welt geholfen hat, und ihre Mutter hat ihr diese Geschichte erst erzählt, als sie selbst Mutter wurde. Den Kindern hat man früher über das Thema »woher die Kindlein kommen« nichts erzählt. Das Thema Sexualität war tabu.

Für die Tante Sophie war es sehr wichtig, die Kinder, denen sie auf die Welt geholfen hatte, immer wieder zu sehen und ihre Entwicklung zu beobachten. Dass wohl auch eine gewisse Sehnsucht nach ihren eigenen Kindern mitspielte, ist anzunehmen, doch niemand in ihrem Heimatort wusste von der Frida oder den Zwillingen Hans und Gretel. Sie hatte sie in Stuttgart geboren und nach der Geburt »verkauft«, zur Adoption freigegeben. Von »Verkauf« wurde deshalb im Scherz geredet, weil die Adoptiveltern der Zwillinge sich aus dem Familienzuwachs einen Kredit für den Bau von zusätzlichem Wohnraum versprachen. Sie bekamen das Geld dann auch. Die leibliche Mutter jedoch, die Sophie, hatte danach nur eine Leere in ihrem Leben, die sie mit ihrem Beruf ausfüllte.

Zu der Zeit, als sie schwanger war (möglicherweise nach einer Vergewaltigung?), hat sie in der Stadt ihre Ausbildung zur Hebamme absolviert. Daher kam es, dass die Leute in ihrem Heimatdorf weder von der Schwangerschaft noch von der Geburt etwas mitbekommen haben. Sowohl für die junge Frau selbst als auch für die Angehörigen eines »gefallenen Mädchens« war dieser »Fall« eine große Schande. Die Drohung seitens der Eltern war nicht selten: »Wenn du mit einem Kind heimkommst, bleibst lieber gleich fort.« So wurden die armen Mädchen nicht nur vom Erzeuger des Kindes im Stich gelassen, sondern auch von ihren Verwandten.

Goethe hat ja die Situation eines solchen Mädchens im »Faust« dramatisch dargestellt, und nach ihm wurde das Drama immer wieder aufgegriffen und verarbeitet. Doch während Gretchen im »Faust« ihr Kindchen tötet und selbst dem Wahnsinn und dem Tod verfällt, hat die Sophie ihre Zwillinge zur Adoption freigegeben. Von der Frida ist nicht bekannt, ob sie auch adoptiert oder in eine Pflegefamilie gegeben wurde. Sie trat viel später als Frau Off in Erscheinung. Dafür hat die Sophie in ihrem Berufsleben vielen Müttern und Vätern geholfen, viele Kinder ins Leben, zum Atmen gebracht. In unser Haus zum Beispiel kam die Tante Sophie immer wieder.

Es muss Anfang der Dreißigerjahre gewesen sein, da nahm eines Tages unsere Mutter den kleinen Gottfried bei der Hand. »Die Tante Ernstine hat Zwillinge gekriegt. Wir gehen jetzt und besuchen sie.« Warum durfte ich denn nicht mit? Ich war doch die Große und hätte zu gerne die Kindlein gesehen. Der kleine Gottfried hatte doch gar nichts davon! Doch die Mutter wusste wohl, was sie tat. Sie hatte gewusst, dass das eine Büblein tot geboren war, aber sie wusste nicht, was für ein Anblick es für mich sein würde. Ich sollte dem Tod noch nicht so nah ins Auge schauen müssen. Doch der Tante Ernstine wollte sie den Trost ihres munteren, gesunden kleinen Neffen zuteilwerden lassen. Als sie wieder heimkam, musste sie berichten. »Das kleine Heinerle ist ein herziges Büble, aber sehr schwach. Es ist so schwach, dass ihm die Hebamme die Nottaufe gegeben hat.«

»Die Nottaufe? Was ist denn das?«, fragte ich.

»Ja, weißt du, wenn ein Kindlein so schwach ist, dass es nach menschlichem Ermessen sterben wird, kann man keinen Pfarrer holen, dann muss es schnell getauft und damit Gott übergeben werden. Das ist eine Nottaufe, und die darf in solchen Fällen die Hebamme im Namen des Vaters und des Sohnes und des Heiligen Geistes vollziehen. So ist das bei dem Heinerle gewesen. Jetzt ist es ein Kind Gottes, ob es am Leben bleiben darf oder stirbt.« Dass sie dabei als » Dote«, die Taufpatin, dabei gewesen war, hat sie uns nicht erzählt.

Das kleine Heinerle ist seinem namenlosen Brüderle nachgefolgt. Es war eben zu schwach. Einmal hat mir die Tante Ernstine ein Foto, ein kleines Bildle, gezeigt, dass sein Vater, der Onkel Reinhold, gemacht hatte. Es war wirklich ein ganz herziges kleines Büble, und mein Kinderherz war froh, dass die Tante Sophie es getauft hatte, ehe es starb. Von da an stand bei mir die Tante Sophie nur ein klein wenig unter dem Pfarrer, aber viel näher bei uns, den Kindern und ihren Eltern.

Es war im Spätsommer 1935, als an einem heißen Sonntagnachmittag unsere Mutter in der »Kammer« auf dem Bett lag. »Au, Mutter, du hast aber einen dicken Bauch«, sagte ich. Fast ein wenig verlegen antwortete die Mutter: »Das vergeht wieder.« Damit war für den Moment die Sache bei mir vergessen, aber nicht bei der Mutter. Am Abend, als der Vater im »Verein« (CVJM) war, saßen wir um den Tisch, wir drei Großen. Die kleine Lisbeth war schon im Bett. Da erzählte die Mutter uns, dass die kleinen Kindlein im Bauch der Mütter wüchsen, bis sie groß genug seien, dass sie selber atmen und schreien und trinken konnten. Das war eine wunderbare Geschichte und wie alle Geschichten, die die Mutter erzählte, gewiss wahr. Märchen erzählte die Ahne (Großmutter) oder die Dote, vielleicht auch die Schwester Barbara. Ein bissle konnte ich schon selber lesen. Ich ging ja schon seit Ostern in die Schule. Aber ich verstand eine längere Geschichte nicht, weil mir das Zusammenfügen der Buchstaben zu viel Mühe machte, sodass ich den Sinn nicht herausfand. Trotzdem gab mir die Mutter ein dünnes Büchlein zum Lesen mit dem Titel »Woher die Kindlein kommen«. Das habe ich dann verstanden, weil die Mutter den Sachverhalt schon erzählt hatte.

Im Herbst sagte sie uns dann, dass wir ein Geschwisterlein bekämen, sodass wir uns darauf freuen konnten. Und wir freuten uns auch, weil die Eltern sich freuten und weil wir vier Geschwister ein neues Geschwisterlein als Bereicherung begrüßten. Von der Doris, einem Nachbarskind, wussten wir, dass es gar nicht schön sei, ganz allein als Kind unter lauter Erwachsenen zu sein. Sie war auch oft bei uns, hütete mit mir die kleinen Geschwister und nahm teil an unseren Streichen.

Es war am 10. November 1935. Die Brüder und ich schliefen über der Kammer der Eltern im »Vesperstüble«. Ich wachte auf an einer Unruhe unter uns. Türen gingen auf und zu, Wasser rauschte in der Wasserleitung, Stimmen waren zu hören. Dann kam ein Stöhnen von der Mutter. Mir lief ein Schauer über den Rücken, dann wurde mir ganz heiß. Ich steckte den Kopf unter die Decke und hielt mir noch die Ohren zu. Als ich den Kopf nach einiger Zeit wieder herausstreckte, hörte ich das Kindlein schreien. »Wacht auf, das Kindlein schreit unten«, weckte ich die Brüder. Wir zogen uns notdürftig in der Dunkelheit an. Im Hemd wollten wir der Tante Sophie nicht entgegentreten, das schickte sich nicht. Dann stiegen wir in der Dunkelheit die Treppe hinunter. Die Glastüre war von innen abgeschlossen. Der Vater stand dahinter und fragte: »Was wollt ihr denn so bald? Es ist doch erst halb zwei in der Nacht!«

»Das Kindle sehen!«, antwortete ich.

»Da müsst ihr noch eine Weile warten, bis es gebadet ist.«

Das leuchtete uns ein, aber wieder hinauf ins Vesperstüble wollten wir nicht gehen. So setzten wir uns auf die Stiege und warteten. Wie gut, dass wir notdürftig angezogen waren, denn es war ziemlich kühl in dem Treppenhaus. Weder die Haustüre unten noch die Fenster waren dicht. Sie ließen zwar keinen Wind herein, aber die Kälte drängte sich durch alle Ritzen und Fugen. Von drinnen hörten wir Schritte und die Stimmen des Vaters und die leisere, sanfte der Tante Sophie. Das Geschwisterchen – es war jetzt nicht mehr ein anonymes Kindlein – hatte aufgehört zu schreien. Dann wurde die Glastüre von innen aufgeschlossen, und der Vater ließ uns eintreten. »Das ist euer Schwesterle«, stellte die Tante Sophie vor. Das Schwesterle lag im Bettle und hatte ein ganz rotes Gesichtle. Die Fäustle lagen neben dem Köpfle, die Äugle waren zu. Wir staunten dieses Wunder an und schlossen es in unsere Herzen ein. Wir trauten uns nicht, es zu streicheln. Es schien zu zerbrechlich zu sein. Die Mutter hatten wir bei unserer »Anbetung« kaum beachtet, bis uns ihre Stimme mahnte: »Geht jetzt nur wieder ins Bett. Die Nacht ist noch lang. Am Morgen musst ihr ausgeschlafen sein für die Schule und das Schüele.« (Die Buben gingen ins »Schüele«, den Kindergarten neben unserem Haus, den die Schwester Barbara leitete.) Da sah ich, dass die Mutter sehr müde aussah, nahm schnell die Buben an der Hand und führte sie wieder hinauf ins Vesperstüble. Schlafen aber konnte ich lange, lange nicht mehr. Der Schrecken über das Stöhnen der Mutter und die überwältigende Freude über das Schwesterle hielten mich bis in die Morgenstunden wach.

Die Tante Sophie war an jedem Morgen wieder da und wusch das Schwesterle. Ich schaute ihr genau zu, wie sie die

Windel löste und in einen Eimer warf, wie sie das Gesichtle mit einem weichen Waschlappen sanft abtupfte. Dann zog sie das weiße Kittele und das Hemmadle aus. Sie kamen auch zu der Windel in den Eimer. Die Händla, die Ärmla, die Brust und das Bäuchle wurden mit dem weichen Waschlappen und mit warmem Wasser abgewaschen. (Einen Schwamm benutzte sie nicht, weil der nicht ausgekocht werden konnte wie ein Waschlappen, erklärte sie mir später.) Der kleine Körper wurde gleich abgetrocknet, damit sich das Schwesterle nicht erkältete. Das frische Flügelhemmadle wurde vorne auf der Brust zugebunden. Darüber kam das weiße Kittele, das im Nacken gebunden wurde. »So ist das Kindle gut verpackt. Heute machen wir die Nabelbinde nicht ab, sie ist ja noch nicht lange dran«, erläuterte die Tante Sophie am ersten Morgen. Nun wusch sie das Schwesterle zwischen den Beinchen, die Schenkala und die Füeßla mit einem anderen Waschlappen. Dazu nahm sie auch ein bissle Seife. Beide Waschlappen kamen in den Eimer zu der übrigen Wäsche. »Das darfst du in die Küche tragen, dann wird die Maria es waschen«, hieß mich die Tante Sophie. Die Maria war vom Schurwald gekommen, um für uns zu kochen und zu putzen, solange die Mutter im Wochenbett war. Sie hatte die Buben schon ins Schüele geschickt.

Die Tante Sophie war noch nicht fertig. Sie musste noch die Mutter richten. Aber für mich war es Zeit, in die Schule zu gehen.

Im Schulhof traf ich meine Schulkameradinnen. Wir waren immer recht zeitig im Schulhof, damit wir vor der Schule noch eine Weile spielen konnten. Schon von weitem rief ich ihnen zu: »Ich hab ein Schwesterle gekriegt heut Nacht!« Ich konnte meine Freude nicht für mich behalten. Mir ging es wie den Hirten in der Weihnachtsgeschichte: »Da sie es aber gesehen hatten, breiteten sie das Wort aus …« Ja, auch eine ganz gewöhnliche Geburt ist ein Stückle Weihnachtsgeschichte. Vielleicht, denke ich jetzt, erlebte die Tante Sophie auch jedes Mal das Wunder der Menschwerdung nach – und die Geburt ihrer eigenen Kinder, die sie nicht behalten und aufwachsen sehen durfte. Vielleicht war es ein Trost, dass sie vielen anderen Kindlein auf die Welt helfen durfte und sie dann auch aufwachsen sah.

Das nächste Mal kam die Tante Sophie im Frühjahr 1938 zu uns. Wieder hatte die Mutter uns anvertraut, dass wir ein Kindlein erwarteten. Da wir nun drei Schwestern und zwei Brüder waren, fanden wir, es müsste wegen dem Gleichgewicht unbedingt ein »Brüderle« werden. Die Mutter lächelte milde und meinte »Mir nemmat, was kommt!« Als Neunjährige durfte ich der Mutter helfen, die Hemdchen, Kittele, Windeln und das Bettle zu richten. Ich wusste auch schon, dass das Kindlein neun Monate im Mutterleib wachsen musste. »Bis zum siebten Monat sollten die Sachen für das Kindle gerichtet sein. Es könnte ja bälder kommen.« Daran hielten wir uns. Außerdem war die Winter- und Vorfrühlingszeit ganz geschickt, diese schöne und wichtige Sache zu erledigen, denn die Feldarbeit ruhte.

Das Frühjahr 1938 war sehr mild. Schon Ende Februar waren die Knospen an den Kirschbäumen ganz dick, und die Anemonen drüben am Rain hatten ihre weißen Kopftüchle aufgesetzt. Der Vergleich mit den Kopftüchern der Frauen, die am Ostermorgen das leere Grab Jesu aufsuchten, stammte von der Mutter. Sie liebte solche poetischen Vergleiche.

An einem Morgen Mitte März kann ich herunter zum Kaffeetrinken. Die Mutter hatte schon den Tisch gedeckt und die braunlasierte irdene Kaffeekanne auf den Tisch gestellt. Sie saß in der Kammer auf ihrem Bett und sah ein wenig bleich aus. Ich schnupperte. In der Luft lag ein deutlicher Geruch von … »Ist die Tante Sophie da gewesen?«, fragte ich. Wenn sie nämlich da gewesen war, dann roch es nach Sagrotan. »Ja, mir hent gmoant, des Kendle komm, aber 's ischt no et so weit.« (Wir haben gemeint, dass das Kind kommt, aber es ist noch nicht so weit.)

Am 19. März kann dann das »Brüderle«. Aber es war ein Schwesterle mit langen schwarzen Haaren. »Die müeßet mir a bissle aschneida, sooscht bendat mr se ins Kittale nei« (Die müssen wir ein wenig abschneiden, sonst binden wir sie ins Kittele hinein.), meinte die Tante Sophie. Und dann kam sie wieder jeden Tag zweimal, morgens und abends, und versorgte Mutter und Kind. Die Maria aus Aichschieß war wieder gekommen und versorgte die übrige Familie, und alle fühlten sich wohl.

Die verwandten Frauen kamen, brachten einen »Koglopfer« (Gugelhupf) oder Hefekranz, damit sich die »Kewettere« (Kindbetterin) stärken und das Kindlein gut ernähren konnte. Davon kriegten wir anderen Familienmitglieder natürlich auch was ab. Wenn die Frauen sich in der Kammer unterhielten, saß ich »mäuslesleis« in der Stube und horchte zu. Das waren interessante Sachen, die da berichtet wurden. So erfuhr ich, dass es nicht selbstverständlich war, dass wir ein gesundes Schwesterle bekommen hatten. Die Mutter habe sich gewundert, wieso die Hebamme so schnell machte, dass das Kindle auf die Welt käme. Denn sie hatte bemerkt, dass die Nabelschnur um das Hälsle von dem Kindle gewickelt gewesen sei. Es habe nicht gleich geschrien, aber die Hebamme habe es bald zum Schreien gebracht. Das war für mich wieder etwas zum Nachdenken und zum Dankbarsein.

Drüben am Rain standen die Kirschbäume in allerschönster Blüte. So duftig und voll hingen die Blütenbüschel unter dem blauen Himmel. Bienen summten, angelockt von dem süßen Duft, und sammelten Honig. »Mr derf sich dra fraia wie am a scheena Strauß« (Man darf sich dran freuen wie an einem schönen Strauß), sagte die Mutter ein wenig wehmütig. Ja, der blanke blaue Himmel brachte in einer Nacht den Frost, der die Kirschblüten umbrachte. Die frühen Kirschen waren erfroren. Aber unsere kleine Annemarie – sie durfte leben und wachsen und sich freuen.

Das siebte Kind

Im Frühsommer 1940 lag ich im Bett im Stüble. Durch die Türritzen fiel der Schein des Lichtes aus der Stube, wo die Eltern sich leise unterhielten. Ich war gerade am Einschlafen, da ließ mich die Stimme der Mutter aufmerken: »Jetzt hemmer sechs Kender, ond 's siebte kommt.« (Jetzt haben wir sechs Kinder und das siebte kommt.) Weiter hörte ich nicht. Wir würden also noch ein Geschwisterlein bekommen.

Sieben Kinder hatten nicht viele Familien, trotz »Mutterkreuz«. Dieser Orden war eine Ehrennadel, ähnlich dem Eisernen Kreuz, für Mütter mit vier und mehr Kindern. Damit war auch eine Geldzuwendung verbunden. Unsere Eltern verweigerten diese »Ehrung«. »Mir kennet osere Kender selber ufzieha. Mir wellet et, dass dear Schtaat sich a Reacht verschafft an osere Kender, weil mir Geld agnomma hent!« (Wir können unsere Kinder selbst aufziehen. Wir wollen nicht, dass sich dieser Staat ein Recht auf unsere Kinder verschafft dadurch, dass wir Geld annehmen!) Die Eltern trauten den Nationalsozialisten alles Böse zu.

Nun hatte sich also das siebte Kind angemeldet im zweiten Kriegsjahr. Der Vater war nicht Soldat geworden, weil er einen Herzfehler hatte. Dafür hatte er die schwersten Arbeiten in den Weinbergen für die eingerückten Verwandten zu erledigen. Das war zeitweise eine härtere Arbeit als die in der Kaserne. Von den Soldaten, die nicht an der Front waren, hörte man oft, dass ihnen nach dem gewiss nicht leichten täglichen Dienst, dem Drill, sterbenslangweilig war, besonders denen, die zu Hause ein ausgefülltes, arbeitsreiches Leben gehabt hatten wie die Bauern und Wengerter (Weingärtner). Sicher hatten es die Arbeiter in den Fabriken nicht leichter, aber es ist doch ein Unterschied, ob ein Mann seinen geregelten Verdienst und seinen gesetzlich verbürgten Feierabend hat wie die Fabrik- oder Büroarbeiter, oder ob er das Gefühl hat, für das Wohlergehen seiner Familie in der Weise verantwortlich zu sein, dass er mit ihr und für sie das tägliche Brot in der Landwirtschaft erarbeitet.

Doch das Leben an der Front war ungleich schwerer und gefährlicher als das in der Heimat. Aber alle taten sie ihre Pflicht, auch wir an der »Heimatfront«. Ja, auch die Kinder arbeiteten mit auf dem Feld oder im Haushalt. Freizeit gab es für uns Landkinder im Frühling, Sommer und Herbst nicht, obgleich die gemeinsame Arbeit recht vergnüglich sein konnte. Bei der Arbeit konnten die Familienmitglieder miteinander sprechen, und schon allein das gemeinsame Arbeiten verband sie.

Die vierzehn- und fünfzehnjährigen Mädchen, die aus der Volksschule entlassen waren, hatten ein »Pflichtjahr« abzuleisten, meist in einer kinderreichen Familie oder in einem landwirtschaftlich geprägten Haushalt. Die Altersgenossen arbeiteten als Lehrlinge, in einer Fabrik oder in der elterlichen Landwirtschaft, sofern sie nicht in eine weiterführende Schule gingen.

Zunächst zeigte ich nicht, dass ich von dem erwarteten Geschwisterchen wusste, aber ich beobachtete die Mutter heimlich. Lange sah ich nicht, dass sie schwanger war. Sie hatte ja immer weit geschnittene Kleider an und die Schürze darüber gebunden. Vermutlich hatte sie bemerkt, dass ich sie beobachtete, denn eines Tages sprach sie zu mir von »oserem Kendle« (unserem Kindlein), als ob mir das schon lange bekannt sein müsste. Nun begann eine Zeit der innigen Vertrautheit zwischen Mutter und ältester Tochter. Dieses Verhältnis wurde wohl von meiner Seite auch noch dadurch gefestigt, dass ich vier Wochen vor meinem zwölften Geburtstag zum ersten Mal meine Periode bekam. Nun war ich eine junge Frau, die in den monatlichen Frauenzyklus eingebunden war, und kein Kind mehr. Aber als Frau fühlte ich mich noch lange nicht.

Der heiße Sommer und der kühlere Herbst mit ihren vielfältigen Arbeiten kamen und gingen. Eine Klassenkameradin sprach mich eines Tages Anfang Oktober an: »Uier Kendle mueß doch jetzt do sei?« (Euer Kindlein muss doch jetzt da sein?)

»Do woiß i aber nex drvo!«, war meine empörte Antwort. »Wohear willscht denn du des wissa?« (Woher willst denn du das wissen?)

»D Hebamm hot's maira Mutter gsait.« (Die Hebamme hat es meiner Mutter gesagt.)

Wie ich auch hatte die Maria das Gespräch der Erwachsenen gierig belauscht und sich dabei irreführen lassen. Unser Kindlein wurde erst einen Monat später geboren. In die Vorbereitungen für das erwartete Geschwisterchen wurde ich immer mehr eingebunden.

Nach dem »Öhmdet« Mitte August war das Gras wieder nachgewachsen. Im Oktober wurde von den Baumgütern »dritt Gras« geholt. Solange es auf den Wiesen Futter zu holen gab, wurde nicht »von oba ra« (von der Heubühne) gefüttert. Man wusste ja nicht, wie lang der Winter dauern würde, wann man den ersten Klee mähen konnte. So lange sollten das Heu und das Öhmd auf der Bühne reichen. Deshalb holte man Gras und auch das Laub von den Obstbäumen »en d Krippe«, solange es draußen noch etwas zu holen gab. Auf den Äckern war nach der Getreideernte als Zwischenfrucht Senf gesät worden, der gab auch manche Krippe voll für unsere Kühe im Stall.

Die Mutter hielt beim Mähen wacker mit. »Dass du no so guet mäha kaascht!« (Dass du noch so gut mähen kannst!), wunderte sich einmal die Ahne.

»Ja, i wondere mi au, aber 's macht mir nex aus!« (Ja, ich wundere mich auch, aber es macht mir nichts aus!), antwortete die Mutter.

An Martini, am 11. November, feierten wir den fünften Geburtstag unserer Schwester Marta. Die Geburtstage wurden mit einem Blumenstrauß und den Geschenken von der Dote Marie und den beiden Ahnen gefeiert. Ein Kerzle wurde für das Geburtstagskind im Kinderschüle angezündet, das hatte mit der Familie nichts zu tun. Die Dote Marie brachte, schön angeordnet auf einem Teller, ihr Honiggebäck, die »Brilla«, herauf. Den Namen hatten die Gebäckstücke von ihrer Form. Durchsichtig waren sie allerdings nicht, sondern kompakt und süß von Honig, Zucker und Mehl.

Die Schloss-Ahne schenkte Eier, damit die Mutter etwas Gutes kochen oder backen konnte. Die Stilz-Ahne brachte meist

Obst, selten auch mal Schokolade oder »Guetsla«. Von all den Süßigkeiten durfte dann das Geburtstagskind den Geschwistern austeilen. Die Frage: »Was krieg i denn von dir zo deim Geburtstag?« (Was krieg ich denn von dir zu deinem Geburtstag?) war nicht nur eine rhetorische und wurde nicht verbal, sondern praktisch beantwortet. Ja, teilen lernt man unter vielen Geschwistern, zum Vorteil aller.

Am 12. November, als wir in die Stube kamen, war zwar der Kaffeetisch gedeckt, aber die Mutter war nicht da. Sie war auch nicht in der Küche, sondern in der Kammer. Der Vater war auch nicht da. Das war an sich nicht außergewöhnlich. Er konnte noch im Stall sein, denn seit einiger Zeit hatte er das Melken von der Mutter übernommen. Man erzählte nämlich, dass eine Frau kurz vor der Entbindung noch im Stall gemolken hatte. Kurz nach der Geburt ihres Kindes sei sie schwer am »Kindbettfieber« erkrankt. Gestorben sei sie aber glücklicherweise nicht.

Wir tranken unseren Malzkaffee mit Milch und Zucker und aßen unsere Brote. Dann richtete ich die Kleinen ins Schüele. Die kleine Annemarie durfte auch ins Schüele kommen, obwohl sie noch nicht drei Jahre alt war. Die Marta war ja dabei, da durften auch jüngere Geschwisterchen mitkommen. Wir Großen machten uns fertig für die Schule. Inzwischen war der Vater mit der Tante Sophie gekommen. Die Mutter war nicht mehr allein.

Als wir von der Schule kamen, fing uns die Dote unten an der Haustüre ab und lotste uns in ihre Wohnung. Die Kleinen waren schon da, der Tisch für uns alle gedeckt. Es gab »Ebiramues« (Kartoffelmus) mit Siedfleisch, eigentlich ein Samstagessen, weil es nicht viel Mühe machte an dem wöchentlichen Putztag. Es schmeckte uns allen sehr gut.

Nachdem ich der Dote beim Spülen geholfen hatte, gesellte ich mich zu den Geschwistern. Sie waren in der Stube. Die Kleinen spielten, die Größeren machten ihre Hausaufgaben. Ich selber hatte auch Hausaufgaben zu machen, aber immer wieder schlich ich mich hinaus an den Fuß der Treppe und lauschte nach oben. Um ein Uhr wurden die Kleinen wieder ins Schüele geschickt.

Es hatte gerade vom Kirchturm zwei Uhr geschlagen, da hörte ich von meinem Lauscherposten aus das kräftige Schreien des Kindleins. Schnell ging ich hinein und rief: »'s Kendle ischt do!« (Das Kindlein ist da!) Diesmal zähmten wir unsere Neugier und unsere Ungeduld. Wir waren ja schon recht erfahren in Sachen Geschwisterkriegen und wollten diesmal nicht vor verschlossener Türe warten. Der Tante Sophie und dem Vater droben wollten wir Zeit lassen, sich gebührend auf die Bewunderung der älteren Geschwister vorzubereiten, vielmehr Mutter und Kindlein repräsentativ herzurichten, sodass sie die Geschwister empfangen konnten.

Nach einer gebührenden Zeit kam der Vater mit strahlendem Gesicht in die Stube der Dote und verkündete uns: »A Buele hemer.« (Ein Büblein haben wir.) Zusammen gingen wir leise die Treppen hinauf und öffneten vorsichtig die Glastüre. »Kommet no rei ond gucket uich uier Briederle a« (Kommt nur herein und guckt euch euer Brüderlein an.), forderte die Tante Sophie uns freundlich auf. Da lag es im Bettle, das rote Köpfle auf dem weißen Kissele, die Äuglein fest geschlossen. Die rosigen Fäustlein hatte es dicht an sein Gesichtlein gelegt. Für mich war das das schönste Kindlein, das schönste Neugeborene. Vergessen war, dass seinerzeit das Martale und die Annemarie die schönsten Kindlein gewesen waren.

Nach einer Weile wurden wir ermahnt: »Jetzt ganget no wieder, uier Mutter braucht Ruah!« (Jetzt geht nur wieder, eure Mutter braucht Ruhe!) Das sahen wir deutlich, sie war recht erschöpft. Aber die überwältigende Freude, die ging mit. Sie hatte mich auch ganz vergessen lassen, dass ich um zwei Uhr Zuhörerunterricht gehabt hätte. Jetzt war es schon zu spät, jetzt konnte ich nicht mehr gehen. Aber ein schlechtes Gewissen hatte ich doch. Beim nächsten Unterricht stellte ich fest, dass der Pfarrverweser mich gar nicht vermisst hatte – oder er hatte mein Fehlen genauso vergessen wie ich den Unterricht am Geburtstag des Brüderleins. Niemand kam je darauf zurück.

»Zuhörerunterricht« war eigentlich regulärer Religionsunterricht, nachdem den Pfarrern der Zutritt zu den Schulen verboten worden war. Er fand in der Sakristei statt. Die Zwölfjährigen, die » Zuhörer«, saßen auf Bänken hinter schweren Tischen an den meterdicken Steinwänden. Da die Sakristei nur selten beheizt wurde und das »Kanonenöfele« eine Hitze abstrahlte, die rasch wieder der Kälte wich, wenn das Holz niedergebrannt war, so tat man gut daran, sich warm anzuziehen.

Der Gemeindepfarrer Kohlhaas war abgeordnet worden an eine Gemeinde im Schwarzwald. Vielleicht war er auch Soldat, ich weiß es nicht mehr. So unterrichteten schnell wechselnde Pfarrverweser, die entweder ältere oder kränkliche Herren waren. Das war nicht immer gut für die zu allem Übermut bereiten Zwölfjährigen.

Als wir, ein Jahr später, in den Konfirmandenunterricht gingen, hatten die Kirchengemeinden Beutelsbach zusammen mit Schnait den Pfarrer Weimer, der uns auch konfirmierte. Er fuhr jeweils mit dem Fahrrad zum Unterricht und zu den Gottesdiensten. An einem Sonntag war in Schnait um halb zehn Uhr Gottesdienst, am nächsten um halb elf Uhr. Damit der Pfarrer es zum Gottesdienst rechtzeitig schaffen konnte, wurden an den »späten« Sonntagen recht lange Choräle gesungen. Auf diese Weise prägten sich mir viele Lieder mit allen Strophen gut und dauerhaft ein. Vor den Gottesdiensten wurde ein wenig länger geläutet als sonst. Ein größerer Bub bekam von der Mesnerin den Auftrag, vor der Kirche an der Straße zu warten und ein Zeichen zu geben, wenn der Pfarrer am »Schloss« um die Ecke bog. Dann bekamen die Läuter ein Zeichen, dass sie ausläuten sollten. Die Menschen in der Kirche konnten ruhig weitersingen, denn der Pfarrer musste noch seinen Talar anziehen. Es genügte, wenn der Organist den angefangenen Vers fertig spielte und das Nachspiel einleitete, sobald er den Pfarrer die Kirche betreten sah.

Zurück nun zur Mutter und dem neugeborenen Brüderle. Im Laufe des Nachmittags schaute ich immer wieder in die Kammer. Ich konnte mich nicht sattsehen an dem Kleinen. Einmal war die Mutter wach. »Ruck mir doch 's Bettle a bissle nächer hear, dass i zu deam Kendle neilanga ka!« (Rück mir doch das Bettchen ein wenig näher her, sodass ich zu dem Kindlein hineingreifen kann!), bat sie mich. Ich tat es, und eine Ahnung keimte in mir auf, dass eine Mutter ihr Kindlein bei der Geburt gewissermaßen weggibt in ein eigenständiges Sein und dass dieses Weggeben nur der Anfang ist von lebenslangem Weggeben und Loslassen. Wohl den Kindern, deren Eltern dieses rechtzeitige Loslassen gelingt!

Am Morgen des 13. November war die Sophie Bischoff gekommen, um den Haushalt zu versorgen, die Kleinen ins Schüele zu richten und zu kochen, was eben so zu tun ist in einem Haushalt mit sechs Kindern. Die Mutter und das kleine Büblein wurden ja von der Tante Sophie, der Hebamme, versorgt. Doch die Wäsche oblag auch der »Kewetthelfere« (Helferin während der Wochenbettzeit). Sie war eine sehr tüchtige Haushälterin, die Sophie. Ein paar Jahre später heiratete sie und bekam ein Büblein. Der Kleine hat aber seinen Vater nicht persönlich kennengelernt. Ehe er ein Jahr alt war, ist sein Vater gefallen. So hatte die Sophie nie einen größeren Haushalt zu führen.

Als wir von der Schule kamen – die Kleinen waren schon um elf Uhr vom Schüele gekommen – stand das Essen auf dem Tisch. Damit war eigentlich die Pflicht der Sophie getan; das Geschirrspülen war meine Aufgabe, die Lisbeth sollte mir abtrocknen. Aber die Sophie blieb noch da und spülte, ich trocknete das Geschirr ab und räumte es auf.

Der Nachmittag dieses 13. November ist mir noch recht lebhaft in Erinnerung. Ich sollte mit der Dote im Wäsele Senf für die Kühe holen. Er musste abgeerntet werden, ehe die wasserhaltigen Stängel und Blätter erfroren. Dann wäre das Futter von den Kühen nicht mehr angenommen worden. Man hätte es auf dem Acker untergeschort. Bei der kalten Witterung war es höchste Zeit, die Pflanzen abzumähen und heimzuschaffen.

Das Herz voll Freude über das Brüderlein zog ich das Handwägele hinüber ins Wäsele. Unterwegs begegnete mir ein Bub, er mochte acht bis zehn Jahre alt sein, mit dreckigen Hosen und Schuhen, verstrubbelten Haaren und rotgefrorener, triefender Nase. Sein Anblick versetzte mir einen Schock: Würde mein süßes Brüderle auch einmal ein solcher Lausbub werden? Während der ganzen Zeit des Senfholens beschäftigten mich diese Gedanken.

O ja, er wurde so ein Lausbub. Das ist sogar in einer Fotografie festgehalten, die allerdings verlorengegangen ist. Der Unterschied zu dem fremden Lausbuben vom 13. November 1940 und allen anderen Lausbuben, denen ich später begegnet bin, und dem Kindlein, das auch ein Lausbub werden würde, ist nur: Er ist mein kleiner Bruder, ein Teil von meinem Leben.

Die Tante Sophie kam morgens und abends, um Mutter und Kind zu versorgen. Wie gerne schaute ich ihr zu, wenn sie den Kleinen badete. Ich musste das lernen, denn im Sommer, wenn die Mutter wieder aufs Feld ging, würde ich ja verantwortlich sein für den Kleinen.

Aber nach ein paar Tagen zuckte die Tante Sophie beim Abwickeln der Nabelbinde zurück. Das noch nicht abgeheilte Näbele zeigte eine Blase, die mit Flüssigkeit gefüllt war. Drum herum war ein roter Hof. Die Tante Sophie stöhnte leise. Sie wickelte rasch eine frische Nabelbinde um das kleine Bäuchlein. Am Nachmittag läutete sie unten an der Haustür. »I dät gern mit uirer Mutter schwätza. I wart do onda.« (Ich würde gerne mit eurer Mutter reden. Ich warte da unten.) Die Mutter zog einen langen, weiten Ärmelschurz über ihr Hemd und ging hinunter, verwundert, warum die Hebamme nicht heraufkam.

Nachthemden trugen die Wengertersweiber nicht. Sie trugen Tag und Nacht lange leinene Hemden mit kurzen Ärmeln und darüber in der kalten Jahreszeit einen »Bettkittel« aus aufgerautem Baumwollstoff. Beides war oft verziert mit Zierstichen in Weiß, sodass die Wäsche auch kochfest war. Einen Morgenrock oder Bademantel besaßen die einfachen Frauen auch nicht, aber sie wussten sich zu helfen.

Die älteren Frauen wie die Ahnen trugen auch am Sonntag keine Mäntel, sondern nur Jacken und große Umschlagstücher, die auch über den Kopf gezogen werden konnten. Für den Kirchgang trug die Schloss-Ahne ein »Chenillehäuble« auf dem Kopf.

Die Mutter hatte sich selbst einen schwarzen Mantel genäht, den sie im Winter trug.

Drunten sprachen die beiden Frauen lange miteinander. Bei solchen Unterredungen waren wir gehalten, uns zu verziehen. Gespräche zu belauschen duldete die Mutter nicht. Trotzdem lauschte ich immer wieder heimlich und erfuhr dadurch vieles, was mich interessierte, Gutes und weniger Gutes. Die Mutter kam dann wieder herauf und trug in der Hand eine weiße Tube, die ihr die Tante Sophie gegeben hatte. »Oser Buele hot a aschteckenda Entzendeng, drom derf d Hebamm nemme ens Haus komma, damit dui Krankhet et weitertra wurd« (Unser Büblein hat eine ansteckende Entzündung, darum darf die Hebamme nicht mehr ins Haus kommen, damit diese Krankheit nicht weitergetragen wird.), eröffnete sie uns. Dann packte sie das Büblein aus, wickelte die Nabelbinde ab und strich das Näbele sachte mit der weißen Salbe ein. Darauf kam dann ein Stückchen Mull und eine frische Nabelbinde. »Au, dui Salba schmackt noch Leabertraa« (Au, die Salbe riecht nach Lebertran), stellte der Martin fest. Im schwäbischen Sprachgebrauch wird zwischen dem Reiz in der Nase und dem im Gaumen nicht unterschieden, und den Geschmack des Lebertrans kannten wir nicht nur in der Nase und auf der Zunge, sondern auch hinten im Gaumen, wenn er uns nach dem Einnehmen noch lange aufstieß. Aber wenn der Lebertran in der Salbe »Desitin« dem Kleinen half, dann atmeten wir den Geruch gerne zeitweilig ein.

Bald bildeten sich an den Fingernägelchen dieselben Bläschen. Auch sie wurden mit Desitinsalbe behandelt. Damit sich der Kleine beim Zappeln nicht kratzen konnte, bekam er Fäustlinge aus kochbarem Nesselstoff über die Händchen, die an den Handgelenken locker gebunden wurden. Wo eine Hautverletzung auftrat, waren die eitrigen Blasen die Folge. In vielen Familien erkrankten die Säuglinge daran, aber auch bei größeren Kindern traten sie auf. So hatte ich mich am linken Schienbein gestoßen. Die Verletzung fing an zu eitern, wurde auch mit Desitinsalbe behandelt und heilte trotzdem bis zum Frühjahr nicht zu, wohl auch darum, weil ich die Kruste regelmäßig abkratzte und dadurch eine neue Verunreinigung verursachte. Erst als ich die Wunde im März auf Anraten der Mutter der Sonne aussetzte, vernarbte sie allmählich. Die Narbe ist heute noch zu sehen.

Die Tante Sophie durfte die betroffenen Familien nicht mehr besuchen, aber die erste Tube der heilenden Salbe brachte sie in die Häuser. Sie kam auch immer wieder vorbei, läutete oder klopfte an den Haustüren und besprach mit den Wöchnerinnen, was zu tun war.

Inzwischen hatte das Brüderle einen Namen bekommen. Diesmal hatten wir Geschwister mit abgestimmt. Wir hatten einstimmig für den Namen des Kirchenliederdichters Paul Gerhardt votiert, auch die Mutter. Der Vater verriet uns seine Wahl nicht, aber sein heimliches Schmunzeln deutete an, dass er nichts gegen den Namen hatte. Doch als Hausherr und Familienvater ließ er uns zappeln. Er machte sich auf den Weg zum Rathaus, ohne uns zu sagen, wie denn das Kindlein nun heißen würde. Die Mutter wollte uns auch nichts verraten. »Wartet, bis dr Vatter wiederkommt!«, beschied sie uns. Dann hatte er wirklich einen Paul Gerhard auf dem Standesamt angemeldet, und wir freuten uns alle sehr. Im Laufe seiner Kindheit bekam er einige Kosenamen, aber bis heute ist er der Gerhard.

Die Wunden heilten dank der Desitinsalbe. Zwar bildeten sich Narben, aber auch die verschwanden nach und nach. Doch die äußerliche Heilung täuschte über die Belastungen hinweg, die durch die Infektion dem Herzchen zugemutet worden waren. Die Mutter badete das Gerhardle, wie es vorgeschrieben war. Das Wasser war schön körperwarm, Badetuch und Wickelkissen durch eine »Bettfläscha« angewärmt. Plötzlich bäumte sich das nackte Körperlein im Wasser auf, der Kleine schnappte nach Luft und lief bläulich an. Schnell riss ihn die Mutter aus dem Wasser, legte ihn auf das Wickelkissen, von dem ich die Bettflasche entfernt hatte, und massierte den kleinen Brustkorb, bis er wieder rosafarbig war. Dann drückte sie das Körperchen fest an sich. »Gott sei Dank!«, flüsterte sie. Von nun an wurde er besonders sorgfältig beobachtet, aber die Krise war offenbar vorüber. Er trank, schlief, schrie und wuchs, wie es vor ihm alle anderen Geschwister getan hatten.

Damit war nun die Tante Sophie scheinbar aus unserem Leben verschwunden. Gelegentlich begegnete man sich im Ort, aber bald hieß es: »D Hebamm ischt nemme en Schnoit, sie ischt jetzt en Urbach. D Beutelschbächer Hebamm ischt jetzt fir Schnoit zueschtändig.« (Die Hebamme ist nicht mehr in Schnait, sie ist jetzt in Urbach. Die Beutelsbacher Hebamme ist jetzt für Schnait zuständig.) Im August 1941 zog sie um nach Urbach. Ihre Tochter Frida blieb mit ihrer Familie im Haus der Mutter in Schnait wohnen. Der damalige Bürgermeister Amann schrieb 1942: »Wir haben es nicht gerne gesehen, daß sie wegzieht, denn sie war in ihrem Berufe äußerst tüchtig und vor allen Dingen auch beliebt.«

Im Jahr 2016 nahm der Enkel Siegfried telefonisch Kontakt mit mir auf. Er stellte Nachforschungen über seine Vorfahren an und bat mich, ihm dabei zu helfen. Daraufhin fragte ich bei älteren Frauen nach ihren Erinnerungen an unsere ehemalige Hebamme. Diejenigen, denen sie bei der Entbindung geholfen hatte, leben nicht mehr, und die, denen sie auf die Welt geholfen hatte, erinnern sich naturgemäß nicht daran. Nur sehr wenige haben als ältestes Kind so viele Geschwister, an deren Geburt sie sich erinnern können. So ergaben meine Fragen ein sehr mageres Resultat.

Bei einem Treffen in Schnait gab mir der Enkel die Unterlagen, die er über seine Großmutter hatte. Darunter ist auch das Schreiben, das der Bürgermeister Amann seinem Vater Hans im Februar 1942 geschickt hat. Der junge Mann brauchte einen »Ariernachweis«.

Wozu brauchte ein dreiundzwanzigjähriger Mann einen Ariernachweis? Er war Soldat, strebte er dort eine höhere Stelle an? Oder sollte er eigentlich als »jüdischer Mischling« gar nicht Soldat sein? Viele Fragen erheben sich. Aber dann stellt sich die Sache ganz einfach und natürlich heraus: Der Hans wollte heiraten. Zwar war er adoptiert und trug nicht den Namen »Silberberger« seiner Mutter, aber dieser Nachname war aktenkundig und erregte wohl den Verdacht, dass in der Ahnenreihe nichtarische Vorfahren vorhanden seien. Die »Herrenrasse« konnte ja nicht erlauben, dass sich die »minderwertigen Rassen« der Juden oder der »Zigeuner« fortpflanzten! Außerdem sollte ja der »arische Nachwuchs« erbgesund sein. Deshalb wurden auch die Heime. in denen Behinderte lebten, ausgeräumt und die Kranken in Lagern ermordet. Sie starben angeblich an Grippe oder Lungenentzündung oder sonst einer tödlichen Krankheit. Immer waren die Leichen eingeäschert oder schon begraben worden, sodass keine Nachforschungen möglich waren. Im Familienkreis sagte einmal unsere Mutter: »Die wollen wohl Platz machen für die, die behindert vom Krieg heimkommen!« Uns wurde ans Herz gelegt, solche Aussagen nicht in der Schule oder im Freundeskreis zu wiederholen. »Was drhomta gschwätzt wurd, derfet ihr neamr saa!« (Was im Kreis der Familie gesagt wird, dürft ihr niemandem weitersagen.) So lernten wir das Sprichwort »Reden ist Silber, Schweigen ist Gold« ganz praktisch.

Ich zitiere nun aus dem Schreiben des Bürgermeisters Amann: »… Der Nachweis ist leider nicht vollständig, weil ich auf der Vaterseite keinen Eintrag machen konnte. Diese Nachholung ist nicht schwer, wenn irgendwo eine Vaterschaftsanerkennung aufzufinden ist …«Der Bürgermeister lässt sich nun aus über die Möglichkeiten, diese Vaterschaftsanerkennung aufzufinden. Dann wird er sehr pragmatisch: »Es wird aber einmal eine Zeit kommen, wo Sie den Nachweis eben führen müssen, beispielsweise bei Ihrer Verheiratung, und so rate ich Ihnen, der Sache jetzt schon auf den Grund zu gehen … Ihr Großvater lebt noch, obwohl er schon über 80 Jahre alt ist. Ihre Mutter hat noch eine Reihe Geschwister, teils hier (in Schnait), teils auswärts ... Zum Schluss rate ich Ihnen nochmals, Ihre Familienangelegenheiten in Ordnung zu bringen, ehe es zu spät ist. Sie haben es bei Ihren Blutsverwandten durchweg mit geordneten und geachteten Bürgern zu tun, sodass kein Grund vorliegt, irgendetwas zu verheimlichen. Heil Hitler Bürgermeister (Unterschrift) Amann.«

Der Hans hat dann auch noch den Ariernachweis seines Vaters eingeholt, und damit stand seiner Heirat nichts mehr im Wege. Die beiden Nachweise galten auch für seine Zwillingsschwester Gretel, sie hatten ja die gleichen Eltern und Adoptiveltern.

Wie schwierig und mit Vorurteilen behaftet die Lage unehelich geborener Kinder noch lange war, zeigt die Tatsache, dass der Hans seinem Sohn erst kurz vor dessen Hochzeit gesagt hat, dass sein Großvater nicht sein Großvater, die Frau, die er als seine Großmutter liebte, nicht seine leibliche Großmutter sei.

Unsere »Tante Sophie«, die Sophie Silberberger, arbeitete nun als Hebamme in Urbach. Ihr Wirkungskreis war sehr groß, bis nach Welzheim hinauf. Alle Wege legte sie zu Fuß oder mit dem Fahrrad zurück. Für die steilen Wege, oft nur Feldwege, war auch das Fahrrad nicht geeignet, und öffentliche Verkehrsmittel waren so selten und ungeschickt im Hinblick auf Fahrplan und Haltestellen, dass sie für die Hebamme nicht infrage kamen.

Diesen anstrengenden und verantwortungsvollen Dienst leistete sie bis Ende der Fünfziger- oder Anfang der Sechzigerjahre, genau konnte ich das nicht ermitteln. Dann kehrte sie wieder nach Schnait zurück. Sie lebte mit ihren Verwandten und starb am 11. Juli 1972 im Alter von 79 Jahren. Man darf wohl sagen, dass sie ein erfülltes Leben hatte, viel Schweres durchgestanden und noch viel mehr Gutes gewirkt hat, unsere Tante Sophie, die Hebamme.

Die Lehrerin

Fräulein Keitel

Es war im Winter 1935, als die Mutter mich das Stricken lehrte. Sie hatte »Obloicht Garn«, naturfarbenes Baumwollgarn, gekauft. Das war strapazierfähig und leicht zu verstricken, weil es glatte Fasern waren. Mit zwei Stricknadeln schlug sie dreißig Maschen an. Dann gab sie mir die Arbeit in die Hand, während ihre eigenen Hände die meinen führten. »Einstechen – umschlagen – durchziehen – abheben«, sagte sie immer wieder leise in meine Ohren hinein, während ihre Hände mit den meinigen die genannten Tätigkeiten ausführten. Nach einer Weile überließ sie mir das kleine Gestrick und beobachtete, wie ich sie selbstständig ausführte. Nein, ich konnte es noch nicht selbständig ausführen, weil das Strickgarn, das sie mir um den Zeigefinger der rechten Hand gewickelt hatte, kein Umschlagen oder Durchziehen gestattete. Es war zu fest um den Finger gewickelt und von den schweißigen Händen feucht geworden. Schließlich gelang es mir aber doch, eine Reihe Maschen fertig zu bringen. Das Umdrehen der Reihen übernahm die Mutter, und dann konnte ich auch noch eine zweite und dritte Reihe stricken. Damit hatte ich schon genug und fragte die Mutter: »Was wurd denn dees?« (Was wird denn das?)

»Du därfscht dir Tafellappa schtricka, weil du doch noch Auschtra end Schuel kommscht!« (Du darfst dir Tafellappen stricken, weil du doch nach Ostern in die Schule kommst!), antwortete sie fröhlich.

Zu der Zeit hatte man noch Schiefertafeln mit einem Holzrahmen. In der Mitte einer Schmalseite war ein Loch, durch das eine Schnur gefädelt wurde. Ans Ende der Schnur wurde der Tafellappen genäht. Doch darüber erzähle ich später noch Näheres.

Unter der Aufsicht und mit Hilfe der Mutter brachte ich zehn Reihen fertig. Das war ein kleines Stückchen und hatte mich doch so viel Geduld gekostet. »Wie viel mueß i denn no schtricka?« (Wie viel muss ich denn noch stricken?), fragte ich. »Ha, etwa dreißg Roiha!« (Ha, etwa dreißig Reihen!), war die Antwort. Daraufhin brach ich in Tränen aus. Das war eine Leistung, die ich mir im Moment nicht vorstellen konnte, zumal die Mutter immer wieder eine fehlerhafte Reihe aufzog. Letztendlich musste die Mutter die Tafellappen selber fertigstricken. Ich bemühte mich zwar, aber da waren so viele Abhaltungen. Ich musste, wenn die Mutter auf dem Feld war, auf die zweijährige Lisbeth aufpassen, mit ihr spazieren gehen, ihr die Höschen wechseln, wenn ich sie nicht rechtzeitig auf das »Häfele« gesetzt hatte, und ihr zur rechten Zeit ihre Milch und ihr Brot geben. Zwischendurch spielte ich auch mit dem Lisbethle und den Bäsle Dora und Hanna Fangerles oder Verschlupferles. Zum Stricken war nur sehr wenig Zeit, und die Tafellappen wurden und wurden nicht fertig. Das Gestrick war auch ziemlich grau geworden.

Inzwischen war Ostern vorübergegangen. Die Ostereier waren gegessen, die Zuckerhasen schon angeknabbert und die Bälle und Sandförmchen in Betrieb genommen worden. Die Mutter hatte mir einen braunen »Mädlesschuelranza« (Mädchenschulranzen) beim Sattler Pfeifer gekauft. Darin waren eine Schiefertafel zwischen zwei Tafelschonern aus Pappe, ein hölzerner Griffelkasten mit drei Schiefergriffeln, einem Bleistift, einem Radiergummi, einem Bleistiftspitzer und einem bunten Schwammbüchsle mit einem roten Schwämmle, außerdem die Fibel, die vom Vater in Packpapier eingebunden worden war. Die anderen Kinder hatten ihren nassen und trockenen Tafellappen an der Tafel hängen. Mir hatte die Dote Rösle das Schwammbüchsle geschenkt, sodass an meiner Tafel – vorläufig noch gar nichts hing. Ich schämte mich, dass ich die Tafellappen nicht fertiggebracht hatte, aber als der erste Schultag da war, da waren auch zwei nagelneue weiße Tafellappen an der Tafel. Die Mutter hatte sie fertig gestrickt, eine Baumwollschnur gedreht und die Vierecke daran genäht. Nun baumelten sie lustig an der Seite meines Schulranzens, wenn ich in die Schule hüpfte. An jenem Tag aber, meinem erstem Schultag, hüpfte ich nicht, sondern ging ganz brav an der Hand der Mutter »'s Lütza Höfle« hinauf, über die Straße, geradewegs zur Schule. Der vordere Schulhof, der für die Oberklässler bestimmt war, war leer. Zum Eingang für die Unterklässler mussten wir noch einige Stufen ersteigen und über den Hof gehen. Meine künftigen Klassenkameraden kannte ich schon vom »Schüele«, dem Kindergarten her. Auch sie waren mit ihren Müttern gekommen. Diese begrüßten sich mit dem ortsüblichen Gruß: »So, send ihr ao do?« – »Ja, ond ihr ao?« Die Hand gab man sich üblicherweise nicht.

Im Klassenzimmer der ersten Klasse stand das Fräulein Keitel an der Tür, begrüßte die Mütter und die Kinder mit einem freundlichen Nicken und wies sie in die Mitte des Raumes. Dort waren zwei Reihen niedrige Pulte, die mit den Sitzbänken fest verbunden waren. Jedes Kind suchte sich einen Platz aus, die Mädchen an der Seite zum Gang hin, die Buben an der Fensterseite. Als alle Platz gefunden hatten – die Mütter standen neben ihrem Kind –, kam eine Gruppe großer Buben mit Blockflöten zur Tür herein, gefolgt vom Oberlehrer, und stellte sich am vorderen Fenster auf. Der Oberlehrer hob die Hand, und die Buben spielten auf ihren Flöten ein lustiges Lied. Mir gefiel das Spiel der großen Buben. Von mir aus hätten sie noch weiterspielen können. Aber sie hörten bald auf und gingen im Gänsemarsch aus dem Klassenzimmer.

Der Oberlehrer hatte sich vor das Lehrerpult gestellt und begrüßte uns. Was er sonst noch gesagt hat, das konnte ich nicht aufnehmen, weil ich währenddessen den Raum und meine Klassenkameraden begutachten musste. Sie waren alle schön gekämmt und hatten blank geputzte Schuhe an. Die Mädchen hatten weiße Zopfmaschen in den Zöpfen und frische Schürzen über den Kleidern an. Die Schürzen waren zum Schutz der Kleider obligatorisch. Wie ich bald erfahren sollte, gab es »Schuelschüerz«, Schürzen für die Schule, und »Hausschüerz« oder »Schaffschüerz« für die Arbeit im Haus und auf dem Hof.

Das schienen heute andere Kinder zu sein als diejenigen, die noch vor Ostern ins Schüele gegangen waren. Die hier waren jetzt Schulkinder, sie hatten eine ganz neue Würde.

Als der Oberlehrer seine Begrüßungsrede beendet hatte, ging er hinauf, um seine eigene Klasse zu unterrichten, und die Mütter gingen bald darauf wieder heim. Jetzt waren wir mit dem Fräulein Keitel allein. Sie war eine schlanke Frau und erschien mir von meinem niedrigen Bänklein aus riesengroß. Sie musste schon sehr alt sein, denn sie hatte einen grauen »Bubikopf«. Man sah ihr an, dass sie keine Mutter war, denn unsere Mütter hatten alle geflochtene Haare, die sie am Hinterkopf zu einem »Nest« zusammengesteckt hatten. Sie war ja auch eine Lehrerin und konnte daher keine Mutter sein. Aber sie hatte einen schönen Rock an und eine geblümte Bluse. Solche Sachen trugen unsere Mütter nur am Sonntag. Ich schloss daraus, dass Fräulein Keitel etwas Besonderes war.

Sie hieß uns unsere Schulranzen ausräumen. Die Tafeln legten wir auf die abgeschrägte Tischplatte. Der Griffelkasten wurde geöffnet und ein schön gespitzter Griffel in die Rinne am oberen flachen Ende des Tisches gelegt. Nachdem Fräulein Keitel nachgeschaut hatte, ob das alles auch an seinem richtigen Platz lag, befahl sie uns, die Tafel unter den Tisch auf das Brett zu legen, an das ich schon mit den Knien gestoßen war. Jetzt holten wir die Fibel aus dem Ranzen und schlugen sie auf. Da waren bunte Bilder drin, unter die Wörter gedruckt waren. Die Bilder hatte ich mir schon angesehen, aber was die Wörter bedeuteten, hatte mir noch niemand gesagt. »Des lernscht en dr Schuel!«, war die Antwort gewesen, wenn ich gefragt hatte. Die Mutter war der Meinung, dass wir unterfordert wären und übermütig würden oder im Bewusstsein, alles schon zu wissen, unaufmerksam würden, wenn wir vor der Schule schon lesen oder schreiben könnten.

Über dieser Einführung in die Fibel war die Zeit vergangen. Von draußen hörten wir die Stimmen der anderen Schüler, die in die Pause stürmten. »Packt jetzt eure Schulsachen wieder in euren Ranzen. Aber seid vorsichtig, dass ihr eure Tafel nicht fallen lasst, die geht nämlich kaputt«, ermahnte Fräulein Keitel. Dann sangen wir noch ein Lied. Als der Lärm im Treppenhaus vorübergerauscht war, verabschiedete uns die Lehrerin und ließ uns hinaus ins leere Treppenhaus. Unser erster Tag in der Schule war vorüber.

Die Mutter schickte mich zum Einkaufen zum Kaufmann Lenz. Ich meinte, alle Leute müssten mir ansehen, dass ich nun ein Schulkind war, aber niemand sprach mich darauf an. Trotzdem ging ich mit einem Gefühl des Stolzes heim. Morgen geht es wieder in die Schule, und so alle Tage außer am Sonntag!

Am zweiten Schultag hieß uns Fräulein Keitel wieder die Tafel herausnehmen und auf die schräge Fläche des Tisches legen. Dann schaute sie nach, ob unsere Griffel alle schön gespitzt waren. Mein Vater hatte die meinigen mit seinem »Hopamesser« (Winzermesser, das meistens zum Vespern verwendet wurde) sehr fein gespitzt. Dann zeigte Fräulein Keitel auf die Linien an der großen Tafel und machte in den mittleren Zwischenraum mit der weißen Kreide einen senkrechten Strich von einer Linie zur nächsten. Sie hieß uns, das auf unserer Tafel mit dem Griffel nachzumachen. Nicht alle fanden den richtigen Zwischenraum, die richtigen Linien, weil es gar so viele auf der Tafel gab. Fräulein Keitel ging an den Bänken entlang und schaute uns über die Schulter. Ab und zu beugte sie sich herunter und zeigte den richtigen Zwischenraum. Als sie bei mir war, beugte sie sich auch herunter und sagte hinter mir: »Du musst die Striche ein wenig schief machen, so von unten herauf.« Da kam der Hauch ihres Atems in meine Nase. Ich wandte meinen Kopf ein wenig auf die Seite, denn ich mochte den »Gschmack« (in diesem Falle Geruch) nicht. Warum die Lehrerin schlecht aus dem Mund roch, wusste ich nicht, aber dieser Geruch nahm ihr ein wenig von ihrer Glorie. Künftig bemühte ich mich, meine Nase zu schützen, wenn sie mir sehr nahe kam.

Am besten brachte die Maria die ersten Striche zustande. Sie hatte bald ihre ganze Tafel vollgeschrieben, einen Strich neben dem anderen. »Wie d Soldata«, hätte die Ahna gesagt. Fräulein Keitel lobte sie, und sie kehrte befriedigt an ihren Platz zurück. Wenn wir eine Aufgabe fertig hatten, gingen wir vor an »den Pult« (im Schwäbischen männlich wie »der Bank«, »der Butter«) und zeigten die Tafel Fräulein Keitel. Dabei gab es später oftmals eine lange Schlange, und weil es den Wartenden langweilig wurde, schwatzten sie und stupsten sich. Am zweiten Tag aber waren wir alle noch sehr brav und bemühten uns, alles recht zu machen.

Als Nächstes legten wir die Tafel auf den Fachboden unter dem Tisch und holten unsere Fibeln herauf. Zuerst schaute Fräulein Keitel nach, ob sie auch alle eingebunden waren. Zwar waren alle Schulsachen zu der Zeit Privateigentum der Eltern: Sie hatten sie nach Angaben der Lehrer gekauft. Deshalb war es ihre Aufgabe, für die Einbände der Bücher zu sorgen, aber die Lehrer hatten ja die Aufgabe, die Kinder zur Ordnung zu erziehen, und so schaute Fräulein Keitel, dass Schulsachen und Kleider in Ordnung waren. Am Montagmorgen ließ sie sich die Hände der Kinder zeigen und kontrollierte, ob die Fingernägel keine schwarzen Ränder hatten. Sie ließ sich die frischen Taschentücher zeigen, prüfte vielmehr nach, ob die Kinder überhaupt ein Taschentuch dabei hatten. Die Schuhe mussten auch geputzt, die Haare ordentlich gekämmt sein. Von diesen Überprüfungen abgesehen, kontrollierte sie auch, ob die Tafel geputzt, Griffel und Bleistifte gespitzt und die Tafelschwämmchen oder ein Tafellappen auch feucht seien.

Diese Kontrollen beschränkten sich heute nur auf die Fibeleinbände. Wir durften unsere Fibeln aufschlagen und das erste Bild betrachten. Darauf waren in bunten Farben spielende Kinder zu sehen. Sie hatten sich angefasst und tanzten im Kreis. Es sah aus, als ob sie sängen. »Was singen die wohl?«, fragte die Lehrerin. Von den Mädchen kamen verschiedene Vorschläge: »Brüderchen, komm, tanz mit mir« – »Ringel, Ringel, Reihen« – »Ringel, Ringel, Rosen« Die Buben waren in dieser Hinsicht nicht so bewandert. Es galt nicht schicklich für einen Buben, mit den Mädchen Kreisspiele zu machen. Sogar ein freundliches Gespräch zwischen einem Buben und einem Mädchen war dem Spott der anderen ausgesetzt: »Buebefiesele« oder »Mädlesfiesele« waren die Quittung, wenn jemand die beiden beobachtet hatte.

Als ich dem Nachbarsbuben, dem Otto, vorschlug, wir könnten ja miteinander in die Schule gehen, da ging er nur einmal darauf ein. Am nächsten Tag hieß es: »Dr Otto ischt schao furt!« (Der Otto ist schon fort!) So war es nichts mit dem gemeinsamen Schulweg. Auch im Klassenzimmer waren die Buben sehr zurückhaltend. Dadurch erweckten sie bei ihren Mitschülerinnen den Eindruck, dass sie »dumm« seien.

»Nein, sie singen einfach ›la la la‹. Seht, darunter steht es!« Die Lehrerin zeigte auf den Text unter ihrem großen Fibelbild. Es sah genauso aus wie das in unserer Fibel, auch die Wörter waren die gleichen.

Fräulein Keitel zeigte mit ihrem Zeigestock auf die Wörtchen, und wir »lasen« im Chor. Es machte Spaß, und wir wurden immer lauter. Ja wir konnten uns schon vorstellen, dass die Kinder auf dem Bild das zu ihrem Tanz sangen. Aber hier ging es ja nicht ums Tanzen und Singen, hier ging es ums Lesen. Deshalb durften nun einzelne Kinder den Fibeltext lesen. Dabei mussten alle mit dem Zeigefinger auf das betreffende Buchstabenpaar zeigen. Das war unsere erste Lesestunde. Als Hausaufgabe sollten wir den Text ein paarmal lesen, damit sich das Schriftbild einprägte. Am nächsten Tag wurden dann die beiden Laute L und A herausgehört und ihr Schriftbild auf Karton über die Tafel gehängt.

Fürs Rechnen stand in der Ecke des Klassenzimmers ein Holzgestell, in das zehn biegsame Stangen gespannt waren. An jeder Stange hingen zehn Ovale, die auf der einen Seite rot, auf der anderen hellgrau gefärbt waren. Zählen konnten wir alle bis hundert, aber die Vorstellung von hundert Dingen war ziemlich unklar. Jetzt musste zuerst der Zahlenraum bis zehn klar werden. Deshalb hatte Fräulein Keitel nur eine Stange im Rahmen gelassen, die anderen hatte sie entfernt. Sie rief jeweils ein Kind an die »Rechenmaschine« und hieß es mit den Ovalen arbeiten. Das aufgerufene Kind schob sie auf die eine Seite, dann auf die andere, drehte einige auf die hellgraue Seite, während die anderen auf der roten blieben, je nach Angabe der Lehrerin. Die übrigen Kinder sollten aufmerksam zusehen. Sie durften auch Lösungen einwerfen. Damit waren die Rechenstunden recht bewegt.

Auf der Rückseite sowohl der Wandtafel als auch unserer Schiefertafeln waren kleine Quadrate eingezeichnet. Diese Seite war fürs Rechnen da. In die Quadrate schrieben wir die Zahlen. Auch diese mussten geübt werden, sodass sie schön klar und eindeutig zu lesen waren. Dabei war die Acht besonders schwierig, weil der Kopf gleich groß sein sollte wie der Bauch und weil der Griffel immer wieder die Richtung wechseln und dabei auch noch schöne Schleifen ziehen musste. Da war es zuerst ganz praktisch, wenn man die Kreuzung der kleinen Quadrate für die Kreuzung der Linien in der Mitte der Acht benutzte.

Für den Musikunterricht – er beschränkte sich aufs Singen – stand an der hinteren Wand ein Klavier, das Fräulein Keitel gut zu spielen verstand. Den Schülern war es nicht erlaubt, darauf herumzuklimpern. Fräulein Keitel schloss das Klavier immer sorgfältig ab. Unseren Gesang begleitete sie immer nur einstimmig. Auf diese Weise sollten wir lernen, die Melodie rein zu halten. Nur selten spielte die Lehrerin ein kleines Stückchen mehrstimmig. Das zeigte mir, dass sie gut spielen konnte, vielleicht sogar besser als unser Vater, der in der Kirche die Orgel spielte.

Wir waren eine kleine Klasse, der Jahrgang 1928/29, neun Mädchen und zehn Buben.

Alle bis auf einen waren mir schon bekannt vom Schüele her. Der Philipp kam von Baach, wo seine Mutter ein kleines Kinderheim betrieb. Mit ihm wuchsen ein älterer Bruder und drei Schwestern neben wechselnden Pflegegeschwistern auf. Sie alle hatten einen vier Kilometer langen Weg in die Schule zurückzulegen, bei Wind und Wetter. Jetzt, nach Ostern war der Weg schön. Die größeren Geschwister, die Roswitha und der Manuel, konnten mit dem Rad fahren. Die Kleinen gingen stellenweise den Schweizerbach entlang zwischen blühenden Wiesen und grünenden Getreideäckern hindurch. Aber im Winter führte ihr Weg die kurvenreiche Straße entlang. Er war somit einiges länger und bei

Schnee – damals gab es noch sehr strenge, schneereiche Winter – sehr mühsam. Die Kinder kamen oft halb erfroren in der Schule an. Da mussten die Lehrer und auch Fräulein Keitel dafür sorgen, dass die Baacher ihre nassen Kleider wieder trocken und die fast erstarrten Glieder warm bekamen.

Obwohl die Klasse klein war, brachten wir manchmal die Lehrerin so weit, dass sie warnend, drohend ausrief: »Jetzt geh ich und hol den Herrn Strauß!« Waren wir denn so böse? Was war denn falsch mit uns? Nach meiner späteren Ansicht waren wir normale, lebhafte Kinder, noch wenig erzogen, aber durchaus gutartig. Ich weiß nicht, ob Fräulein Keitel an Migräneanfällen, an den Beschwerden der Wechseljahre (von denen wir ja noch keine Ahnung hatten) oder an besonderer Wetterfühligkeit litt, jedenfalls war sie empfindlich gegen Lärm und ratlos, wie sie mit sich selbst und mit ihren Schülern fertig werden sollte.

Einmal standen wir vor ihrem Pult und wollten unsere Rechnungen korrigiert haben. Das dauerte bei den Einzelnen eine gute Weile, sodass sich vor dem Pult eine harmlose Kabbelei anbahnte. Plötzlich sprang Fräulein Keitel auf, lief zur Tür hinaus und war für eine kurze Zeit verschwunden. Sie kam wieder, setzte sich auf ihren Stuhl und nahm sich die nächste Tafel vor. Die Kabbelei ging weiter, als die Türe aufflog und der Lehrer der zweiten und dritten Klasse hereinstürmte, auf zwei außerhalb der Reihe stehende Kinder zu. Mit beiden Händen teilte er kräftige Ohrfeigen aus. Die Helene hatte er so hart getroffen, dass sie zu Boden stürzte. Doch schon war der Lehrer wieder in seine Klasse gelaufen. Helene sagte nachher, durch den Schlag sei ihr schwarz vor den Augen geworden. Sie habe geschwind nicht gewusst, wie ihr geschieht. Der Lehrerin schien der Überfall, den sie doch verursacht hatte, leid zu tun. Sie kümmerte sich um Helene und führte sie an ihren Platz. Auch die anderen Kinder waren schockiert und ganz »deagamäßig« (zahm) jetzt. Doch sehr lange hielt der Schock nicht vor, nur für diesen Tag.

Immer wieder kam es vor, dass Fräulein Keitel Hilfe brauchte. Einmal sagte sie wieder: »Ich hole den Herrn Strauß!« Er war der

Oberlehrer, der Schulleiter, und unterrichtete im oberen Stockwerk. Sie lief hinaus und ließ die Türe einen Spalt offen. Ich war neugierig, stand auf und guckte durch den Spalt hinaus. Da stand Fräulein Keitel auf der Treppe, schaute händeringend nach oben und trippelte von einem Fuß auf den anderen, als ob sie sich frage: »Soll ich oder soll ich nicht?« Ein zwiespältiges Gefühl befiel mich. Auf der einen Seite empfand ich großes, tiefes Mitleid, auf der anderen Seite ebenso große Verachtung, weil sie nicht selbst mit uns fertig wurde. Sie hatte es doch gelernt, war schon jahrzehntelang Lehrerin. Diese Fragen konnte ich natürlich nicht lösen, dazu war ich noch zu jung. Aber sie waren maßgebend, als ich selber Lehrerin wurde: »Das wird mir nicht passieren, dass ich einen anderen Lehrer gegen meine Schüler zu Hilfe rufen werde!«, nahm ich mir vor. Allerdings wurde ich dann von einer Junglehrerin gegen ihre Fünftklässler zu Hilfe gerufen, jedoch nicht aus meiner Klasse, sondern aus dem Lehrerzimmer, wo ich in einer Hohlstunde Hefte korrigierte. Wie ich die Fünftklässler, die schon in der ersten und zweiten Klasse meine Schüler gewesen waren, zur Räson brachte, weiß ich nicht mehr. Aber die Junglehrerin hat mich nie wieder zu Hilfe gerufen. Daraus folgere ich, dass mein Einfluss auf die Kinder genügt hat, dass sie ihr Verhalten überdachten.

Ganz wehrlos war ein Lehrer ja nicht. Es gab bestimmte Strafen für bestimmtes Fehlverhalten. Wer »schwätzte«, bekam eine Tatze (einen Hieb mit dem Stock auf die ausgebreitete Hand). Auch leichte Ohrfeigen oder Ziehen an den Haaren waren üblich. Die Buben bekamen bei schwereren Vergehen »Hosaschpannaza«. Dabei musste sich der Delinquent bücken und der Lehrer schlug ihm mit dem Stock auf die angespannte Hose, was das darunterliegende Hinterteil schmerzlich wahrnahm. Nachsitzen war auch eine, zwar milde, aber unter Umständen sehr peinliche Strafe.

Als Neunjährige hatte ich dem Lehrer eine Antwort gegeben, die er als äußerst ungehörig empfand. Er war in der schwäbischen Ausdrucksweise eben nicht bewandert. So verdammte er mich zum Nachsitzen. Meine Freundin, die Lotte, lief zu meiner Mutter und berichtete ihr, dass ich noch nicht heimkommen könne. Sie hat ihr auch erzählt, warum ich nachsitzen müsse. Nun hatte die Mutter damit gerechnet, dass ich pünktlich heimkomme, denn ich sollte dem Vater das Mittagessen bringen. Er war im »Guggenbronn« und tat Kirschen herunter. Als ich dann eine halbe Stunde später heimkam, empfing mich die Mutter nicht gerade erfreut. Noch einmal strafen, wie es in anderen Familien üblich war, wollte sie mich aber nicht. Sie fand, eine Strafe sei genug, und die hatte ich ja abgesessen. So beeilte ich mich, dass ich mit dem Essen für den Vater fortkam, auch wenn mein eigenes Mittagessen sehr kurz ausfiel. Ich konnte ja im Guggenbronn mit Kirschen, frisch vom Baum, nachhelfen.

Doch zurück in die Schule, ins erste Schuljahr und zu Fräulein Keitel. Das Jahr 1935 schritt fort, wir kamen in der Fibel voran und kannten schon viele Buchstaben. Die kurzen Fibeltexte waren sehr vergnüglich und dazu angetan, dass man sie als Begleittext für Reigenspiele benutzte. Wir Mädchen fassten uns in den Pausen an den Händen, tanzten im Kreis herum und riefen dazu »Lalala, lalala, lala, lala la o mama o mama o mama ooo aa« So »tanzten« wir alle Fibeltexte durch, die wir bisher gelernt hatten. Ja, wir konnten die Texte alle auswendig. Dass das mit dem Lesen nichts zu tun hatte, zeigte sich erst später. Da stellte sich heraus, dass einige, Buben und Mädchen, weder die Schriftbilder der Worte noch die daraus gewonnenen Buchstaben kannten. Daher war auch an ein richtiges Lesen nicht zu denken, das zog sich hinaus bis in die zweite Klasse.

Die Buben spielten ihre eigenen Spiele, der Schulhof war ja groß genug, auch wenn die Zweit-, Dritt- und Viertklässler ihre Plätze beanspruchten. Sie spielten Fangerles in einem solch rasanten Tempo, dass Zusammenstöße mit anderen Kindern unvermeidlich waren. Deshalb wurde vom Oberlehrer das Fangerlesspielen verboten. Aber die Buben wussten sich zu helfen. Die Größeren hatten eine neue Art vorgeführt, das »Hockefangen«: Wer nicht abgeschlagen werden wollte, setzte sich geschwind in die Hocke, dann war er oder sie frei. Dieses Spiel erlaubte kein schnelles Rennen, und wenn ein Kind trotzdem auf den steinigen Boden fiel, so gab er keine schlimmen Stürze, sondern nur leichte Abschürfungen.

Ein anderes Spiel auf dem Schulhof war der »Reiterleskampf«: Zwei kräftige Buben nahmen je einen leichteren auf den Rücken. Dann traten die beiden »Reiter« gegeneinander an. Das Ziel war, den anderen vom »Gaul« zu zerren. Dieser musste nicht nur seinen Reiter zum anderen tragen, sondern auch geschickt zur rechten Zeit ausweichen oder kräftig rückwärtsziehen, wenn sein Reiter den anderen sicher gepackt hatte. Das erforderte nicht nur einen sicheren Stand, sondern auch ein sensibles Eingehen auf die Lage des Partners und schnelle Reaktionen. Das Schönste beim Reiterleskampf war, dass nicht einer Sieger war, sondern die zwei Partner gemeinsam. Dieses Spiel hatte bald einen großen Zuschauerkreis. Auch wir Mädchen ließen unsere Reigen und unseren Sprechgesang, um unsere Favoriten anzufeuern.

Fräulein Keitel hatte abwechselnd mit dem anderen Grundschullehrer Pausenaufsicht. Sie standen auf der Staffel unter dem Dächle, das den Eingang überdachte. Dort hatten sie die beste Übersicht über das Gewoge auf dem Pausenhof. Wenn aber ein Kind stürzte, dauerte es eine ganze Weile, bis der Aufsichtslehrer oder die Aufsichtslehrerin zur Stelle war. Inzwischen hatten sich die Gestürzten selbst aufgerappelt, die Hände an der Hose oder an der Schürze abgewischt und sich wieder ins Getümmel gestürzt. Wir waren ja hart im Nehmen, denn zu Hause wurden die meisten von uns nicht verwöhnt.

Einmal, da war ich in der dritten Klasse, sah ich die kleine Heide weinen. Sie war erst eingeschult worden und hatte einen weiten Schulweg vom Schönbühl herunter. Vielleicht ängstigte sie das Getümmel auf dem Schulhof oder ein anderes Kind hatte sie gestoßen. Sie klammerte sich an Fräulein Keitel, ihre Klassenlehrerin, und diese streichelte sie über ihre hellblonden Haare und trocknete ihr mit ihrem eigenen Taschentuch die Tränen. Dass Fräulein Keitel so zärtlich sein konnte, hätte ich nicht erwartet.

Aber sicher haben wir Schnaiter Kinder diese Zärtlichkeit gar nicht gebraucht, und darum hatten wir sie auch nicht bekommen.

Turnunterricht gab es für die Grundschüler nicht. Die Mädchen der Oberklassen marschierten zur Gerätehalle, die wir Turnhalle nannten, oder zum Keltervorplatz. Dort wurden sie von der jeweiligen Handarbeitslehrerin mit Freiübungen beschäftigt. Viel begehrter waren Spiele wie Völkerball oder Brennball. Die Buben der Oberklassen hatten Sport bei ihren Klassenlehrern. Auch sie marschierten von der Schule weg zu den freien Plätzen an der »Turnhalle« oder unter dem Kelterdach. Die Gerätehalle bot einen beschränkten Raum zum Turnen und wurde nur benützt, wenn es regnete. Aber im Sommer trugen die Buben Barren und andere Geräte heraus ins Freie und übten daran. Die Mädchen kamen während der Schulzeit nicht in den Genuss eines intensiveren Sportunterrichts. Das war dem »Dienst« bei den »Jungmädeln« vorbehalten. Aber im Gleichschritt zu marschieren, das lernten wir auch in der Schulzeit, wenn wir zu den Sportplätzen zogen.

Handarbeitsunterricht oder vielmehr Basteln hatten wir in der ersten Klasse. Wir falteten Papier und flochten bunte Streifen von Glanzpapier in ein vorbereitetes einfarbiges Blatt. Dabei entstand ein schönes Karomuster. Die Lehrerin klebte hinter jedes Blatt einen Karton in gleicher Größe. Dann bekam jedes Kind ein kleines Abreißkalenderle, das es mit Klammern an dem Faltblatt befestigen durfte. Das war kurz vor den Weihnachtsferien. Am letzten Schultag durften wir die ersten Blätter des Kalenders abrupfen, bis der 8. Januar erschien. »Das ist der erste Schultag nach den Ferien«, prägte uns Fräulein Keitel ein.

Im Spätjahr kannten wir alle Buchstaben außer q, x und y. Großschreibung hatten wir auch noch nicht gelernt, aber Schreibschrift hatten wir geübt. Als wir so weit waren, nahm ich mir meinen versilberten Patenlöffel vor. Die Dote hatte mir und allen meinen Geschwistern zur Taufe einen Kinderlöffel geschenkt, in dessen Stiel der Name eingraviert war. Ich kannte das Bild meines Namens auf meinem Löffel und zweifelte nicht an seiner Richtigkeit. Nun schrieb ich meinen Namen auf die Tafel: »lidia«. Ich verglich ihn mit dem auf dem Löffel. Was war denn da falsch? Nach meiner Erkenntnis hatte ich meinen Namen richtig auf die Tafel geschrieben, aber auf den Löffel stand er völlig anders. Das musste geklärt werden, also fragte ich die Mutter. Sie erklärte mir, dass die Schrift auf dem Löffel die lateinische Schrift sei, während wir die Sütterlinschrift gelernt hätten. Der erste Buchstabe auf dem Löffel sei ein Großbuchstabe. Die würden wir auch noch lernen. Und das, was ich als »i« aufgeschrieben hätte und was auch als i gesprochen werde, das sei ein »y« . Lydia und noch andere Wörter schreibe man nämlich mit einen Ypsilon. Das befriedigte mich voll und ganz, ja, machte mich ein wenig stolz, dass mein Name mit einem besonderen Buchstaben geschrieben wird.

Fräulein Keitel gab manchen Kindern ein schönes Bildblättle, wenn sie ihr Geld brachten. Das Geld legte sie in ein besonderes Kässle und sagte, das sei für die Deutschen, die im Ausland lebten, für den VDA. Das heiße »Verein für das Deutschtum im Ausland«. Diese Deutschen seien unterdrückt und brauchten nötig Geld, damit es ihnen besser gehe. Ich bat die Mutter auch um zwanzig Pfennig für den VDA, aber die Mutter meinte, wir müssten so viel Geld ausgeben für Kleider und Schuhe, für Kohlen und die Schulbücher und so viele Sachen, dass wir für die Deutschen im Ausland nichts abzweigen könnten. Um aber nicht ganz danebenzustehen und doch ein wenig an diesem »Volksbund« teilzuhaben, untersuchten wir unsere Namen und erklärten unter uns, dass ich mit dem d und mit dem a in meinem Namen wohl daran teilhabe. Der Martin hatte auch ein a und der Gottfried ein d am Ende seines Namens. Also gehörten wir dazu, ohne Geld zu zahlen, das wir nicht hatten. Der Lehrerin sagte ich nichts davon. Ich ahnte, sie würde diese »Ehrenmitgliedschaft« nicht gelten lassen.

Einmal hatten wir als Hausaufgabe ein Stück aus der Fibel abzuschreiben. Es war in der kalten Jahreszeit. Die Mutter war in der Stube mit Näharbeiten beschäftigt. Sie nähte alle Hemden der Buben und des Vaters und alle Mädchenkleider selbst. Das war natürlich sehr viel Arbeit, und sie musste die Zeit ausnützen.

Dabei hatten wir nur eine geheizte Stube, in der sich das ganze Familienleben abspielte.

Ich wollte meine Fibel herausnehmen und mich ans Abschreiben machen, da fiel mir ein, dass in den Seiten vor dem Text, den wir abschreiben sollten, Löcher waren. Die durfte die Mutter nicht sehen, denn der Martin sollte im nächsten Jahr meine abgelegte Fibel weiter benutzen. »Pass guet druf uf, dr Martin braucht dei Fibel au noh!«, war mir schon am Anfang des Schuljahrs eingeprägt worden. Aber die Lesestunden waren oft so langweilig. Man sollte doch immer mit dem Finger mitzeigen, wenn die anderen lasen. Dabei kannte ich die Stücke doch schon auswendig. Also nahm ich zum Zeitvertreib den fein gespitzten Griffel zum Mitzeigen. Plötzlich bohrte sich die Spitze in das Papier und machte ein kleines Löchlein unter ein Wort. Kleine Löchlein waren mir zuwider, also bohrte ich in meiner Langeweile noch ein bissle weiter, und plötzlich war es ein großes Loch, das durch zwei Seiten ging. Fräulein Keitel interessierten die einzelnen Fibeln nicht, aber die Mutter würde mich schimpfen oder schlagen. Das wollte ich verhindern und steckte die Fibel gleich wieder zurück in den Ranzen. Die Rechenaufgaben auf der Tafel machte ich und war bald damit fertig. Dann beschäftigte ich mich mit dem kleinen Schwesterle Marta. Ich trug es gerne herum, und das freute die Mutter.

Fräulein Keitel war am nächsten Tag ziemlich ärgerlich, dass ich die Hausaufgabe nur halb gemacht hatte. Aber ich hatte ja immerhin die Rechenaufgaben gemacht, und so gab sie mir den Auftrag, bis zum nächsten Tag auch die andere Aufgabe nachzuholen. Ich hatte das ja auch vor, aber die Verhältnisse waren die gleichen wie zuvor, und ich konnte die Fibel nicht herausholen. Am Abend, wenn die Mutter im Stall war, war der Vater in der Stube und las die Zeitung. Vor ihm konnte ich die Fibel mit den Löchern in zwei Seiten erst recht nicht auf den Tisch legen. Also ging ich am nächsten Tag ohne Hausaufgabe, aber mit einem ganz schlechten Gewissen in die Schule. Wieder bekam ich von Fräulein Keitel eine Chance, ich sollte bis zum nächsten Tag noch ein Stück dazuschreiben.

Auf dem Heimweg trödelte ich herum. Das schlechte Gewissen hatte sich verstärkt, und ich wusste nicht, wie ich mit meinem Geheimnis den Eltern entgegentreten sollte. Am Nachmittag fing ich an zu husten, und am anderen Morgen hatte ich eine Halsentzündung und Fieber. Die Gemeindeschwester, Schwester Sophie, wurde gerufen. Sie meinte, ich solle im Bett bleiben und mit Salzwasser gurgeln. Alle zwei Stunden sollte mir die Mutter einen Kaffeelöffel voll feinem Zucker mit »Boomöl« (Olivenöl, das für den Salat verwendet wurde) vermischt, langsam im Mund zergehen lassen. Dann werde die Krankheit bis zum Montag vorbei sein, sodass ich wieder in die Schule gehen könne. Das war eine Behandlung der Halsentzündung nach meinem Geschmack, und so ließ ich 's mir in meinem Bett wohl sein. Bis zum Montag fand sich dann auch eine Gelegenheit zur unauffälligen Erledigung meiner Aufgaben. Als ich aber am Montag wohl vorbereitet in die Schule kam, hatte Fräulein Keitel vergessen, dass ich noch eine Aufgabe nachzureichen hatte. Die Redensart »Aufgeschoben ist nicht aufgehoben« hatte sich als falsch erwiesen. Was mit den beschädigten Fibelseiten war, als der Martin das Buch »erbte«, das weiß ich nicht mehr. Die Gewissensnöte aber habe ich nicht vergessen.

Am 8. Januar gingen wir nach den Weihnachtsferien wieder in die Schule, wie es unser Kalenderle anzeigte. Ich weiß nicht mehr, ob ich in der Folgezeit auch pünktlich jeden Tag ein Kalenderblatt abriss, aber das war ja auch gar nicht nötig. Die Woche war ohnehin geregelt. Schule war an sechs Tagen, an einem Tag auch nachmittags. Dann kam der Sonntag, an dem wir in die Kinderkirche gingen. An den Sonntagnachmittagen besuchten wir entweder die Großeltern oder gingen mit dem Vater und der Mutter spazieren. Am Abend erzählte die Mutter uns Geschichten, die sie in Büchern gelesen hatte.

Im Januar war in der Schule Prüfung. Fräulein Keitel war davor noch aufgeregter als sonst. Sie ermahnte uns, dass wir fleißig strecken sollten, auch wenn wir eine Frage nicht sicher beantworten könnten. Hauptsache sei, dass der Herr Schulrat sähe, dass wir fleißig mitarbeiteten. Natürlich kamen wir uns als die Geprüften vor. Wir durchschauten nicht, dass es die Lehrer waren, auf denen das prüfende Auge der Kommission lag.

Zum Anfang der Prüfung ließ sie uns ein mehrstrophiges Gedicht vortragen, das wir vor Weinachten in der Fibel gelesen hatten. Um sicher zu sein, dass es auch klappte, ließ sie es uns jeden Tag wiederholen. So stellten sich nach der Begrüßung des Herrn Schulrats und des Herrn Strauß sechs Kinder vor dem Pult auf und trugen das Gedicht vor:

Die Nacht vor dem Heiligen Abend,
da liegen die Kinder im Traum.
Sie träumen von schönen Sachen
und von dem Weihnachtsbaum.
Und wie sie schlafen und träumen,
wird es am Himmel ganz klar,
und durch den Himmel fliegen drei Engel wunderbar.
Sie tragen ein holder Kindlein, das ist der Heil`ge Christ.
Es ist so fromm und freundlich, wie keins auf Erden ist.
Und wie es durch den Himmel still über die Erde fliegt,
schaut es in jedes Bettlein, wo nur ein Kindlein liegt.
Es freut sich über alle, die fromm und freundlich sind,
denn solche liebt von Herzen das liebe Himmelskind.
Wird sie auch reich bedenken, mit Lust aufs Allerbest',
und wird sie schön beschenken zum lieben Weihnachtsfest.
Heut schlafen noch die Kinder und seh'n es nur im Traum,
doch morgen tanzen und springen sie um den
Weihnachtsbaum.

Jedes Kind sagte einen Vers, und alles klappte recht gut. Nun fragten abwechselnd Fräulein Keitel, der Oberlehrer und der Schulrat allerlei Sachen. Wir streckten fleißig. Fräulein Keitel wusste, welche Kinder sie aufrufen musste, um eine richtige Antwort zu bekommen, aber die beiden Herren bekamen nicht immer eine Antwort. Nun, sie schrieben das verlegene Schweigen der ungewohnten Situation und der Schüchternheit der Kinder zu. Zum Schluss brachten zwei große Buben einen Korb mit frischgebackenen Brezeln herein, und der Oberlehrer teilte sie uns aus. So behielten wir die Prüfung in angenehmer Erinnerung. Erst später erfuhr ich, dass nicht alle Prüfungen nach frischen Brezeln schmecken.

Der Frühling war gekommen. In den Gärten blühten die Tulpen. Fräulein Keitel trug uns auf, am nächsten Tag eine Tulpe mitzubringen. Bei fast allen Häusern waren ja Gärten, oder wenigstens kleine Rabatten, aus denen wir uns eine Tulpe abpflücken konnten. Viele rote, weiße, gelbe Tulpen kamen zusammen, aber sie waren nicht zu einem Strauß gedacht. Fräulein Keitel hieß uns zuerst die grünen Blätter am Stängel abreißen. Nun hatten wie den nackten, schlanken Stängel in den Händen. Als Nächstes rupften wir die Blütenblätter ab und legten sie auf den Tisch. Wir erkannten, dass die Blüte zwei Schichten hatte, drei Blätter außen, da, wo die äußeren Blätter aneinanderstießen, standen die drei inneren Blätter.

Nun hatten wir auf dem grünen Stängel einen kurzen dicklichen Stiel mit einer dreiteiligen Verdickung am oberen Ende. Drum herum standen im Kreis sechs weißliche Stiele, die oben einen gelben Wulst hatten. Diese »Bobbel« gaben ein feines gelbes Pulver ab, das sich ein wenig klebrig anfühlte. Etwas davon war auf die Verdickung gefallen und blieb dort kleben.

Bald waren die Tische voll mit den einzelnen Teilen der sezierten Tulpen. Das Wort »sezieren« kannten wir natürlich nicht. Fräulein Keitel hat es auch nicht verwendet, es war nur ein Haufen »Mischt«, der da auf unseren Tischen lag. Die armen Blumen taten mir leid.

Zu Hause durften wir die Blüten nicht zerrupfen. Diejenigen, die wir auf den Wiesen oder im Garten abpflückten, wurden in eine Vase gestellt. Sie bekamen ein paarmal frisches Wasser, damit sie länger hielten. Waren sie dann trotz aller Pflege verwelkt, so kamen sie auf die »Mischte« hinterm Haus und verrotteten dort mit dem Dung aus dem Stall. Jetzt wurden die zerrupften Tulpen in den Papierkorb geworfen. An meiner Tulpe war der kleine dickliche Stiel besonders dick. Da ich nun schon einmal am Zerrupfen war, teilte ich diesen Teil mit dem Fingernagel und fand zwischen den blassgrünen Häuten winzige Körnchen. Ich zeigte sie der Lehrerin, ehe ich meinen »Gruscht« in den Papierkorb warf.

Fräulein Keitel hatte an der Tafel ein großes Bild aufgehängt. Darauf war eine Tulpe sehr groß abgebildet. Wir sahen alle die Teile, die wir bei unserer Tulpe abgerupft hatten. Die Namen waren dazugedruckt: Blütenstängel, Blütenblätter, Staubblätter (Staubgefäße), Stempel mit Narbe. Und da war auch noch dieser Stempel aufgeschnitten, und drinnen waren die Körnlein, die ich auch entdeckt hatte. Sie hießen Samen.

Außerdem war auf dem großen Wandbild unter dem Blütenstängel und den grünen Blättern eine dicke Knolle, die teilweise braun, teilweise blassgelb gefärbt war. Die hatte den Namen »Tulpenzwiebel«. Ah ja, das war es, was die Dote im Herbst in die Rabatte im Garten eingegraben hatte. Fräulein Keitel erklärte uns, dass in der Zwiebel Nährstoffe gesammelt würden, damit die Tulpen im Frühjahr so zeitig blühen können. Wie wunderbar war doch das alles!

Ein Lied aus dem »Kinderschüele« fiel mir ein:

Wer hat die Blumen nur erdacht?
Wer hat sie so schön gemacht?
Gelb und rot und weiß und blau,
Dass ich meine Lust dran schau.
Wer hat im Garten und im Feld
sie auf einmal hingestellt? (…)
Das ist Gott in seiner Kraft,
der die lieben Blumen schafft.

Eine andere Geschichte zu Tulpen und Fräulein Keitel fällt mir ein. Wir hatten Nachmittagsschule, die fing um zwei Uhr an. Die Elfriede war noch nicht da, als Fräulein Keitel mit dem Unterricht begann. Eine gute Weile später kam Elfriede zur Türe herein mit einem großen Tulpenstrauß in den Händen. Ohne ein Wort zu sagen, streckte sie der Lehrerin den Strauß entgegen. Die schaute das Kind nur stumm an und wandte sich dann ab. Elfriede ging ein paar Schrittchen auf sie zu und streckte ihr erneut den Strauß hin. Warum nur sprach denn niemand ein Wort? Auch unter den anderen Kindern herrschte erwartungsvolles Schweigen. Endlich ermannte sich Elfriede und stammelte: » En scheena Grueß von meire Mutter, ond se schickt Ehne en Schtrauß.« (Einen schönen Gruß von meiner Mutter, und sie schickt Ihnen einen Strauß.) Da nahm Fräulein Keitel den Strauß aus den Händen des Kindes und legte ihn auf ein Seitentischchen, noch immer ohne ein Wort. Elfriede setzte sich an ihren Platz, und der Unterricht ging weiter. In der kleinen Pause sagte mir die Elfriede, dass ihre Mutter im Wengert (Weinberg) im Binden gewesen sei. Sie habe fertig machen wollen und sei spät erst zum Mittagessenkochen heimgekommen. Drum habe sie ihr den Strauß mitgegeben, damit Fräulein Keitel ihr nicht böse sei wegen dem Zuspätkommen. Und jetzt sei sie doch böse! Sie habe die Tulpen nicht einmal ins Wasser gestellt.

Als wir wieder ins Klassenzimmer kamen, standen die Tulpen in einer Vase. Also hatte Fräulein Keitel sie doch angenommen. Elfriede war glücklich.

Die Osterferien und damit das Ende des ersten Schuljahrs rückten näher. Zum Empfang der nächsten ersten Klasse übten wir ein Osterstücklein ein. Wir bekamen kleine Gedichtlein zum Auswendiglernen. Einen offensichtlichen Zusammenhang hatten sie nur im Thema Ostern. Mein Verslein lautete:

Guck mal, schau, zwischen Veilchen blau
fand ich dies prächt'ge rote Ei.
Gut war's versteckt, und doch hab ich 's entdeckt,
ich ging gerad an der Hecke vorbei.

Meiner Erinnerung nach war das zufällige Finden dieses roten Eis auf den Karsamstag festgelegt. Auch ein Osterhase, ein Kind in einem Osterhasenkostüm mit Korb und vielen bunten Eiern, war Akteur in dem Stück. Wir haben immer wieder geprobt, bis alles geklappt hat.

Am Samstag vor den Osterferien teilte Fräulein Keitel die Zeugnisse aus. »Euer Vater soll sie unterschreiben, dann bringt ihr sie nächste Woche wieder mit. Aber legt sie nicht auf den Tisch, wenn ihr vespert, damit keine Fettflecken drankommen!«, sagte sie eindringlich. Es wäre mir nie in den Sinn gekommen, das grüne Heftchen beim Vespern auf den Tisch zu legen, damit der Vater es unterschreibe, aber anscheinend könnte man das auch tun. Mir kam die Vorstellung lächerlich vor.

Schnell steckte ich mein Zeugnisheft in den Ranzen, damit ja kein Fleck draufkomme. Die Mitschüler fragten mich draußen im Schulhof: »Was hoscht denn du fir a Zeignis? Wie viel Oaser hoscht?« (Was hast denn du für ein Zeugnis? Wie viele Einser hast du?) Ich hatte gar nicht nachgeschaut. Es war mir eigentlich nicht so wichtig. Ich wusste wohl, dass die Eltern Wert darauf legten, dass ich das Beste tat, was ich konnte, und das hatte ich meiner Meinung nach auch getan. Trotzdem tat ich den Freundinnen den Gefallen, holte das Zeugnisheft wieder heraus und schaute nach. Überall stand in schöner, exakter Sütterlinschrift »gut«. »Älles guet! Ja, ja, du bischt halt dr Liebleng vo dr Frailein Keitel!« (Alles gut! Ja, ja, du bist halt der Liebling von der Fräulein Keitel!), ließ Ruth vernehmen, die mir über die Schulter geschaut hatte. Das klang wie ein Vorwurf, sogar wie eine Anklage und verdarb mir die Freude über das gleichmäßige Bild meines ersten Zeugnisses.

Oben über den Einzelnoten stand eine allgemeine Beurteilung, Fräulein Keitel hatte sie geschrieben in einer seltsamen Mischung aus Sütterlin und »lateinischer« Schrift. Damals ist mir das nicht aufgefallen, und die Eltern waren nicht so kritisch. Unten auf der Seite hatte der Schuleiter Strauß in sehr schwungvoller Schrift seinen »Kaiser Wilhelm« (zur damaligen Zeit scherzhaft als »Unterschrift« gebraucht) gesetzt. Fräulein Keitel signierte in klarer, steiler Schrift. Darunter stand die »Unterschrift des Erziehungsberechtigten«, unseres Vaters, groß, sehr »aggrat« (akkurat). So gibt das Blatt aus dem Frühjahr 1936 ein Bild nicht nur von dem beurteilten Kind, sondern auch von den Erwachsenen, die für das Kind verantwortlich zeichneten. Das wird aber nur offenkundig, wenn man die Erfahrungen eines langen Lebens mit einbringt.

Am letzten Schultag wurde nur kurz unterrichtet. Dann hieß es, in die zweite Klasse umziehen. Wir packten unsere Schulsachen in die Ranzen und gingen über den Gang in die Klasse, wo Herr Pottiez das Regiment führte. Zweitklässler waren wir nun, keine »Airschtklässler, Tentafresser« (Erstklässler, Tintenfresser) mehr. Ein weiterer Schritt zum »Großsein« war getan. Trotzdem dauerte es soo lang, bis man wirklich groß war.

Fräulein Keitel hatten wir dann wieder im Fach Schönschreiben in der vierten Klasse, eine Stunde in der Woche. Wir waren dann alle drei Jahre älter, und Fräulein Keitel war womöglich noch aufgeregter, noch nervöser. Kurzfristig musste sie pausieren: Sie war im Krankenhaus. Im Flecken wurde schon gemunkelt, sie käme gar nicht wieder. Doch eines Tages war sie wieder da, völlig ergraut, noch schlanker, aber gelassener. Vermutlich sah sie ihren Ruhestand voraus und bemühte sich, ihn gesund zu erreichen.

Heute versuche ich, aus dem, was wir als Kinder von ihr erfuhren, meine erste Lehrerin zu verstehen. 1935, als wir eingeschult wurden, hieß es, sie sei etwas über vierzig Jahre alt, für lebhafte Erstklässler eine Großmutter, nur dass sie eben keine Großmutter war. Ihr Vater war einige Male zu Besuch und kam auch in die Schule. Er wusste wohl, wie es seiner Tochter erging, und zog uns für Verletzungen der Ordnung zur Rechenschaft. Dass er ihr damit wirklich geholfen hat, glaube ich nicht. Er ging ja wieder, und nach Einstellung der Kinder hatte er ihnen gar nichts zu sagen. Nicht einmal die Großeltern sind im Regelfall uneingeschränkt als Erzieher bei den Kindern respektiert.

Herr Keitel, Vater von mehreren Kindern, Lehrer im Ruhestand, war ein großer, stattlicher Herr. Die Tochter war auch Lehrerin geworden, ob auf eigenen Wunsch oder aus Tradition, wer weiß es? Jedenfalls hatte sie den Beruf nicht aus Leidenschaft ergriffen. Vielleicht wäre sie lieber Pianistin geworden, denn nach meiner kindlichen Meinung spielte sie recht gut. Ich hatte ja Erfahrung mit Harmonium- und Orgelmusik. Der Vater spielte zu

Hause Harmonium und sonntags in der Kirche Orgel. Die Mutter begleitete uns am Harmonium zu unseren Gesängen. Beide hatten das Spielen in Eigeninitiative, ohne Lehrer, gelernt. Einen Orgellehrer hatte der Vater zwar gehabt, und er musste für den Sonntagsgottesdienst viel üben. Aber was Fräulein Keitel uns manchmal in der Schule vorspielte als Einstimmung für den Gesangsunterricht, das konnten weder Vater noch Mutter so gewandt und schön.

Irgendjemand sprach die Vermutung aus, sie habe im Ersten Weltkrieg ihren Verlobten verloren, darum sei sie ein wenig »wonderlich« (seltsam) geworden. Aber darüber wurde nichts Näheres bekannt. »Ond d Leit schwätzet viel, wenn dr Tag lang ischt!« (Die Leute reden viel, wenn der Tag lang ist!) Dass sie im Grunde zärtlich war, habe ich am Beispiel der kleinen Heide vom Schönbühl gezeigt. Wenn dann eine seelische Verletzung eintritt, dann gibt es bei sensiblen Menschen ein tiefes Trauma, das fortan das Leben bestimmt.

Übersensibel war Fräulein Keitel. Als ich später meine jüngere Schwester fragte, wie sie denn diese Lehrerin in Erinnerung habe, da sagte sie ganz spontan »A Nervabündel!«.

Maria Keitel unterrichtete in Schnait von 1927 bis 1940. Sie wohnte in einem Seitentrakt des Schulhauses in einer kleinen Wohnung unter dem Dach. Unter ihr wohnte der Oberlehrer Strauß mit seiner Familie. Im Erdgeschoss residierte während meiner ersten Schulzeit der Mittelklassenlehrer Hans Rauschnabel, der als Ortsgruppenleiter der NSDAP über den Kreis hinaus berüchtigt wurde. Doch er ist nicht direkt Teil meines ersten Schuljahrs, denn er ist für mich in der Schule nicht in Erscheinung getreten. Von seinen Schülern hörte man manchmal, dass er sehr streng und oft nicht anwesend war, weil die Pflichten der Partei ihn abgerufen hatten. Da Fräulein Keitel nicht mit Vertretungsunterricht belastet werden konnte, so oblag die Vertretung den Junglehrern, die vorwiegend an der zweiten, dritten und vierten Klasse unterrichteten und immer wieder nach ihrer zweiten Dienstprüfung versetzt wurden, und dem Schulleiter.

Nach Ausbruch des Zweiten Weltkriegs waren die Junglehrer zum Kriegsdienst eingezogen worden. Die Situation der Schulen wurde prekär. Die älteren Lehrer und die Lehrerinnen waren überlastet. Er wurden unerfahrene, nicht ausgebildete Schulhelferinnen eingesetzt, die oft mit den Heranwachsenden nicht zurechtkamen, zumal der Altersunterschied nur gering war.

Wann Fräulein Keitel aus Schnait weggezogen ist, weiß ich nicht zu sagen. Auch wann und wo sie gestorben ist, ist mir unbekannt. Unscheinbar, wie sie hier gelebt hat, ist sie verschwunden. Aber sie war unsere erste Lehrerin und hatte darum Anteil an unserem Stolz, nicht mehr Kinderschüler, sondern Schulkinder zu sein. Sie war es auch, die uns ins Lesen, Schreiben und Rechnen eingeführt hat, auch wenn wir es noch nicht zur Meisterschaft gebracht hatten. Dazu hatten wir ja noch sieben Jahre Zeit. Wir waren nämlich die erste Klasse, die acht Jahre lang in die Volksschule ging.

Für mich stellte sie auch eine Art negatives Vorbild dar: »Wie mr's macht ond wie mr's et macht« nach der Aussage unseres Vaters.

So wünsche ich, dass noch andere ehemalige Schüler, nicht nur in Schnait, sondern auch sonstwo im Ländle, versöhnlich, ja auch mit Freude, an ihre ersten Lehrer denken.

Die Gemeindehelferin

Schwester Hedwig

Der Gemeindepfarrer Fritz Kohlhaas war während des Krieges abgestellt worden nach Kalmbach im südlichen Schwarzwald. Pfarrer Weimer von Beutelsbach versorgte beide Gemeinden, Schnait und Beutelsbach. Das war zu viel Arbeit für den Pfarrer, deshalb kam eine Großheppacher Schwester, Schwester Hedwig, als Gemeindehelferin nach Schnait. Sie sollte den Pfarrer entlasten bei seinen schriftlichen Aufgaben. Der Mädchenkreis war ihr übertragen sowie Besuchsdienste bei Alten und Kranken. Ihre Ausbildung als Erzieherin für Vorschulkinder war stark musisch geprägt gewesen, und sie war auch musisch begabt. Das half ihr sehr bei ihrer Arbeit in der Kirchengemeinde.

Sie konnte Orgel spielen, aber nur auf dem Manual. Sie konnte singen und studierte mit dem Mädchenkreis dreistimmige Lieder ein. Als wir in der Kirche den ersten dreistimmigen Choral sangen »Wohl denen, die da wandeln …« meinte anschließend unser Christianvetter anerkennend: »Einen starken Bass habt ihr.« Als geübter Posaunist hatte er vermutlich wohl gehört, dass es nur Mädchenstimmen waren, aber für die tiefste Stimme wusste er keinen anderen Ausdruck als »Bass.«

Die Mädchenkreise am Sonntagnachmittag waren für mich sehr schön. Wir sangen zum Anfang und zum Schluss Lieder aus dem »Diakonissenliederbuch« oder von Liedblättern, die Schwester Hedwig verteilte. Einmal kam ich vom Mädchenkreis, hell begeistert und offenbar strahlend. Unser Nachbar, der Heiner, sah mich und meinte: »So, was habt ihr denn heute im Verein gemacht? Hat's Wein gegeben, dass du so strahlst?« Entrüstet wies ich den Weinkonsum von mir, aber er lachte nur. Da merkte ich, dass er mich »auf's Ärmle nehmen« wollte und sich an meiner Entrüstung freute.

Schwester Hedwig brachte in den Mädchenkreis viele interessante Bücher mit, die sie abschnittweise vorlas. Wir konnten kaum den nächsten Sonntag erwarten, bis wir von der »Goldenen Käthe« mehr erfuhren. Damit lockte sie auch immer wieder die an, deren absolute Freude am Sonntagnachmittag nicht der Mädchenkreis war.

Wie die meisten jungen Leute in der Pubertät brauchte ich ein Vorbild, ein Idol, an dem ich mich orientieren konnte. Ja, ich habe für Schwester Hedwig geschwärmt. Doch unsere Mutter hat diese Schwärmerei im Rahmen gehalten, indem sie mit mir darüber sprach. Deshalb schwärmte ich eher still und ließ nur in kleinen Aufmerksamkeiten sichtbar werden, was ich für die verehrte Schwester empfand. Da ich wusste, dass sie Waffeln und Apfelbrei gerne aß, aber selber nicht kochen konnte, weil sie kein Waffeleisen besaß, zweigte ich einen »Ring« Waffeln ab, streute ein wenig Zucker darauf und brachte ihn zusammen mit einem Schälchen Apfelbrei in ihre Wohnung.

Zuerst teilte sie mit ihrer Kursgenossin, Schwester Frida, die Wohnung der Kinderschwester im Lützehaus nebenan. Die andere Wohnung gehörte der Olgaschwester, der Schwester Sophie. Sie war die unermüdliche Pflegerin für die Kranken am Ort. Auch die Gesunden nahmen oft ihren Rat in Anspruch, wenn es um Verhütung einer Krankheit oder um eine kleine Verletzung ging.

Zu jeder der beiden kleinen Wohnungen gehörte eine winzige Küche, ein Wohnzimmerle und ein Schlafkämmerle. Es muss arg eng hergegangen sein, wenn zwei Personen eine solch kleine Wohnung teilten. Deshalb zog Schwester Hedwig bald aus ins Bachsträßle, wo sie im Dachgeschoss im Haus unsres Gottlobvetters eine komfortable Wohnung fand. Dort hatte sie genügend Platz für Bücher, Mal- und Schreibsachen und alles, was sie für ihre Arbeit brauchte.

Zum Mädchenkreis gingen wir in die Sakristei. Der Raum war in den heißen Tagen schön kühl. Er hatte dicke Mauern, kleine

Fenster und lag nach Nordosten zu im Morgenschatten des Silchermuseums, sodass kaum einmal die Sonne hereinschien. Allerdings gefiel dieser kühle Raum auch einer großen Kreuzspinne, die oben in einer Ecke ihr Netz gespannt hatte. Wir Mädchen beachteten sie gar nicht. Mit Spinnen hatten wir ja immer wieder zu tun, ob im Stall, in der Scheuer oder im Keller. Aus den Stuben und Kammern vertrieben wir sie, aber in den landwirtschaftlichen Räumen achteten wir sie als lebendige Fliegenfänger.

So waren wir an einem Sonntagnachmittag eifrig bemüht, schön und richtig zu singen, als Schwester Hedwig plötzlich einen schrillen Schrei ausstieß und gebannt in die obere Ecke starrte. Wir folgen ihren Blicken und entdeckten weit weg den kleinen Punkt einer Spinne. Konnte das der Grund für ihren Schrecken sein?, fragte ich mich. Von Spinnenphobien hatte ich noch nie gehört. Wir konnten uns solch eine Phobie gar nicht leisten, ebenso wenig wie die Panik vor einem kleinen Mäuslein oder einem kalten, nackten Frosch. Das waren Lebewesen, die manchmal lästig, aber immer interessant und vielleicht sogar nützlich waren auf ihre Art.

Der Schrei der verehrten Schwester Hedwig bildete den ersten Kratzer an meinem Idol, noch klein und zu übersehen, aber tief genug, um weitere Kratzer sichtbar werden zu lassen. Solch ein Getue um eine Kleinigkeit war kindisch und bei einer erwachsenen Person absolut ungehörig.

Zum Geburtstag oder zu sonst einem Festtag bekamen wir kleine Kärtchen, auf die sie in schöner Schrift einen Bibelspruch, einen Gesangbuchvers oder ein Zitat von Luther oder anderen frommen Männern geschrieben hatte. Mit fein gezeichneten Blümchen und Ranken waren die Kärtchen verziert. So bildeten sie persönliche Geschenke, die trotz ihres geringen Wertes hoch geachtet und ins Gesangbuch gelegt wurden als Buchzeichen. Diese Kärtchen nahm sie auch bei ihren Kranken- und Altenbesuchen mit und schenkte sie den Leuten.

Zusammen mit Schwester Hedwig gingen wir in der Adventszeit zu den Kranken und Bettlägerigen und sangen ihnen mehrstimmig Advents - und Weihnachtslieder vor. Eine von uns trug ein geschmücktes Tannenbäumle. Vor der Tür des Krankenzimmers wurden die Kerzlein angezündet, und das erste Lied wurde angestimmt. Die Kranken lagen erwartungsvoll in ihren Kissen, und nicht selten liefen ihnen Tränen über das Gesicht, während wir die bekannten Lieder sangen. Manche Kranken sangen auch mit, oft nur mit halber Stimme oder mit den Lippen. So durften wir in dunkle Stuben ein wenig Freude hineintragen in der Advents- und Weihnachtszeit.

Der Krieg ging zu Ende, aber Pfarrer Kohlhaas kehrte nicht nach Schnait zurück. Zwar wohnte er mit seiner Familie vorläufig noch im Schnaiter Pfarrhaus, aber er war jetzt am Pädagogischen Institut in Esslingen als Dozent für evangelische Religion angestellt. Nicht lange nachher zog Familie Kohlhaas auch nach Esslingen um. Die Gemeindehelferin aber wurde nach wie vor gebraucht.

Schwester Hedwig übernahm neben dem Mädchenchor den Kirchenchor, in dem auch Männer sangen. Nun konnten vierstimmige Sätze ins Programm aufgenommen und eingeübt werden. Das war natürlich ein viel vollerer Klang, wenn auch das Einüben länger dauerte. Die Männer konnten sich nur in der kalten Jahreszeit und an einem Werktagabend für den Kirchenchor freimachen.

Zu Ostern hatte Schwester Hedwig ein Oratorium gewählt, in dem auch ein Solist, ein Tenor, seinen Part hatte. Dieser Solist wurde bald gefunden. Er wohnte zur Miete in der Nachbarschaft, sang angeblich in einem Oratorienchor in Stuttgart, konnte vom Blatt singen und hatte eine volle Stimme. Während der gesamte Chor das Oratorium einübte, wurde dieser Herr nicht benötigt. Der Solopart musste auch »solo« eingeübt werden. Als es so weit war, dass das Werk im Ganzen geübt werden sollte, stellte sich heraus, dass der Solist zwar eine volle, schöne Stimme hatte, aber den Ton nicht halten konnte. Vielleicht fiel es in der Gemeinschaft der anderen Tenöre in Stuttgart nicht weiter auf, aber der Solopart sollte schon stimmen. Schwester Hedwig übte mit dem

Herrn an mehreren Nachmittagen im Kinderschüele, wo ja ein Harmonium stand.

An einem Nachmittag stand ich gerade an unserer Haustür, als die beiden sich verabschiedeten. Rasch ging der Herr davon. Schwester Hedwigs Gesicht sah nicht gerade glücklich aus. Neugierig fragte ich: »Nun, ist's gut gegangen?« Schwester Hedwig warf mir einen raschen Blick zu und verschwand ohne Antwort in der Tür zum Schüele. Also war es nicht gut gegangen, und Schwester Hedwig war enttäuscht. Sie musste nun für den Solopart jemand anderen finden.

Unser Vater hatte zwar einen hellen, aber nicht sehr starken Tenor, und von Tremolo und anderen Verzierungen verstand er auf der Orgel etwas, aber seine Stimme, die eines schwer arbeitenden Weingärtners, war eigentlich für eine solistische Leistung verdorben. Doch war kein anderer Mann da, der in der Kürze der Zeit erfolgreich einspringen konnte. Er ließ sich ein wenig bitten, hatte Bedenken, dass seine Möglichkeiten nicht genügen könnten, aber der Sache zuliebe willigte er ein und sang den Solopart am Osterfest, so gut er konnte. Die Gemeinde war nicht anspruchsvoll und freute sich an dem festlichen Oratorium.

Wer hätte gedacht, dass Schwester Hedwig dieser Erfolg unseres Vaters zu schaffen machte? Eigentlich war es eher ihre Fehleinschätzung des gescheiterten Solisten und damit ihre Niederlage, die sie nicht gut verkraftete. Im Mädchenkreis am Sonntagnachmittag machte sie ein paar Bemerkungen, die meinen Vater diskriminierten. Ich hatte das Bedürfnis, aufzustehen und wegzugehen, aber dann wollte ich doch kein Aufsehen erwecken. Die anderen Mädchen hatten anscheinend nicht verstanden, worum es ging. Deshalb war es wohl gut, dass ich nicht weggegangen war. Aber der Kratzer, der mein Idol angekratzt hatte, wurde auf einmal größer und breiter.

Inzwischen war ich im Internat in Markgröningen. Alle vierzehn Tage durften wir über das Wochenende heim. Am Sonntagnachmittag musste ich mich wieder auf die Bahn begeben, wenn ich nicht am Montagmorgen sehr früh aufstehen wollte, um rechtzeitig zum Unterricht an Ort und Stelle zu sein. So war keine Gelegenheit, in den Mädchenkreis zu gehen.

Unsere Mutter erkrankte an Krebs. Ihr Wunsch war, dass ich meine Ausbildung zur Lehrerin fortsetze. Doch in den letzten schweren Wochen ihres Lebens ließ ich mich beurlauben und blieb in Schnait.

Nach der Beerdigung Anfang Juli 1948 machte ich mich bereit, wieder nach Markgröningen zu fahren. Ich durfte weiter keinen Unterricht versäumen, wenn ich nicht scheitern wollte. Mein Koffer war gepackt, ich war allein in der Wohnung. Gelangweilt – oder erwartungsvoll? – schaute ich aus dem Fenster. Drüben über der Straße ging Schwester Hedwig ins Nachbarhaus. Ob sie wohl auch zu mir kommen würde? Schließlich konnte ich schon ein bisschen Trost gebrauchen nach dem Tod der Mutter. Sie wusste, dass die Mutter gestorben und begraben war. Lange wartete ich, aber sie kam nicht. Da ist mein Idol auch gestorben, nachdem es lange gekränkelt hatte.

Mrs Robson and Joan

Freundinnen in Bournemouth/England

In den Sommerferien 1957 führte ich eine Schülergruppe nach Südengland und wieder zurück. Drei Wochen Aufenthalt waren eingeplant, die die Schüler bei Gasteltern in Devon, Südengland, verbrachten. Diese drei Wochen hatten die Reisebegleiter frei. Auf meinen Wunsch bekam ich von »Scanbrit«, der Gesellschaft, die die Studienreisen anbot, eine Adresse in Bournemouth zugewiesen für »bed and breakfast«: »Mrs Robson, 53, Normanhurst Avenue« lautete sie. Der Bezeichnung »Avenue« nach zu schließen, war es eine Prachtstraße, dürfte also im Außenbezirk von Bournemouth liegen. Deshalb war es sicher gut, wenn ich ein Taxi nahm.

Dem Taxifahrer gab ich den Zettel mit der Adresse, um sicherzugehen, dass er auch alles richtig verstand. Immer, wenn ich mich eine Zeitlang nicht mit englischsprachigen Menschen unterhalten hatte, fühlte ich mich unsicher.

Tatsächlich war es ein ziemlich weiter Weg vom Bahnhof zu Mrs Robsons Haus. Auf mein Klingeln öffnete mir eine hochgewachsene grauhaarige Dame. Ziemlich steif begrüßte sie mich. Natürlich waren wir uns fremd, aber nach der durchwachten Nacht auf dem Schiff und der Reise im Zug hierher hätte mir ein etwas herzlicherer Empfang gutgetan. In meiner Gastgeberin und ihrer Tochter Joan meinte ich den sprichwörtlichen Typ der Engländerin kennengelernt zu haben. Doch hier täuschte der ersten Eindruck gründlich. Bald entdeckte ich, dass unter der kühlen Oberfläche warme Herzen schlugen. Zu dieser Entdeckung verhalf mir in erster Linie die lebhafte, temperamentvolle Schweizerin Vreni. Sie war so köstlich unbekümmert und erregte damit Mrs Robsons

Missfallen. Wollte sie zur Schule (sie besuchte eine Sprachschule in Bournemouth), ließ sie sicher den letzten Bus hinaus und kam trotzdem noch hin, wenn auch ein wenig später. War sie am Strand, so vergaß sie ihren Lunch (Imbiss am Mittag) und alles andere, weil sie eben so vergnügt war. Was unsere Gastgeberin am meisten entsetzte, war, dass sie so »awfully untidy« (schrecklich unordentlich) war. Unbekümmert ließ sie ihre Sachen in allen Winkeln herumliegen. »Whenever I go up I have to tidy her room« (Wenn ich hinaufgehe, muss ich immer ihr Zimmer aufräumen), klagte sie einmal. Ich gab ihr den Rat, das Aufräumen einfach zu lassen. »Oh no, she wouldn't be able to enter her room in the evening« (O nein, sie könnte am Abend nicht in ihr Zimmer hineingehen), wies sie meinen Vorschlag zurück. Ich gab ihr zu bedenken, dass Vreni eben noch ziemlich jung sei. Diese Entschuldigung ließ sie jedoch nicht gelten. Aber als ich den Wunsch äußerte, ein wenig von Vrenis Unbekümmertheit zu haben, wurde Mrs Robson nachdenklich. »Yes, certainly it's easier for her to get on« (Ja, sicher ist es leichter für sie , durchs Leben zu kommen), stimmte sie mir zu.

So half die junge Vreni unserer Gastwirtin und mir, einander näherzukommen. Schwieriger war es, mit ihrer Tochter Joan warm zu werden. Joan war ein Jahr jünger als ich, Grundschullehrerin im nahegelegenen Christchurch. Auch sie hatte jetzt Sommerferien. Sie war dunkelhaarig, groß gewachsen, von kräftiger Gestalt, ohne jedoch korpulent zu sein. Sie war das einzige Kind von Mrs Robson und ohne Vater aufgewachsen. Dass sie ihren Vater vermisste, hat sie ein paar Jahre später bei einem Besuch in Deutschland verlauten lassen.

Damals hatte ich die kleine Mucki, ein Ferienkind aus Berlin, bei mir. Muckis Eltern waren geschieden. Auffallend war, dass das Kind alle meine männlichen Verwandten heftig umschwärmte. »Du suchst wohl einen Papa?«, fragte ich sie im Scherz. An ihrer Stelle antwortete Joan: »I can very well understand that!« Mucki sollte nicht verstehen, was Joan gesagt hatte, während Joan so viel Deutsch konnte, dass sie das meiste verstand, was wir sagten, sofern wir hochdeutsch sprachen.

Joan war im Norden Englands, in Northumberland, geboren und dort in der Familie aufgewachsen bis zur Scheidung ihrer Eltern. Dort lebte auch eine Großmutter, die dem Kind erklärte, dass es in Frankreich eine berühmte Namensschwester hatte, Jeanne d'Arc, die Jungfrau von Orleans. Darauf sollte sie wohl ein wenig stolz sein. Offenbar war die erwachsene Joan das auch, denn sie erzählte mir die Geschichte mit einem kleinen Lächeln.

Was war es denn nun, was mir diese Freundin lange fremd bleiben ließ? Wir unternahmen zusammen Ausflüge in die Umgebung, sie zeigte mir die Kathedrale von Salisbury, die »sandbanks of Poole« im Westen von Bournemouth. Wir besuchten an den Samstagen und Sonntagen zusammen Konzerte im »Wintergarden« in Bournemouth. Joan, die Musikbegeisterte, hatte dort ein Abonnement.

An Wochentagen gingen wir manchmal den langen Weg durch die Golflinks zum Strand. Badezeug hatte ich zwar dabei, aber Joan ging nicht schwimmen. Das Wetter war ständig so kühl, dass sie das Schwimmen gar nicht gelernt hatte. In leichter Bekleidung auf einem Tuch im warmen Sand zu sitzen, den Wellen und den Strandbesuchern zuzuschauen, das war ihr Unterhaltung und Entspannung genug. Sie legte auch gar keinen Wert darauf, braun zu werden. Da sie ein dunkler Typ war, wurde sie im Gesicht ohnehin schnell braun.

Im Gespräch fand ich heraus, dass ihr Beruf zwar ihren Lebensunterhalt gewährleistete, aber nicht ihre Begeisterung erregte. Sie war eine treue, gewissenhafte Lehrerin, aber wenn sie die Schultüre hinter sich zumachte, dann fühlte sie sich frei und lebendig. Aber das war es nicht, was uns innerlich unterschied. Ich fühlte, da war eine Hemmung, die uns nicht wirkliche Freundinnen werden ließ. Es war nicht ihre andere Sprache oder Nationalität, die war im Austausch der Gedanken und Erlebnisse nicht zu spüren. War es, dass sie als Halbwaise aufgewachsen war? Das konnte ich mir nicht vorstellen.

Erst viel später wurde mir klar, dass sie lesbisch veranlagt war. Ein zufällig aufgeschnappter Satz ihrer Mutter gegenüber hätte mir das längst vorher sagen können: »You know very well that I am not the marrying type.« (Du weißt ja, ich bin nicht zum Heiraten gemacht.) Nach dem Hintergrund dieser Aussage habe ich damals nicht gefragt.

Bei ihrer Lehrerinnenausbildung hat Joan Robson June Witts getroffen. Sie wohnte auch in Südengland, in der Nähe von London. Die beiden wurden gute Freundinnen. Gerne verbrachten die beiden ihre Sommerferien zusammen in der Schweiz. June war ein eher männlicher Typ, mittelblond, untersetzt, sportlich, resolut. Joan war auffallend ängstlich. Beim Gehen setzte sie ihre Füße sehr bedacht. Einen Graben zu überspringen wagte sie nicht, und von meinen Dackelhündchen nahm sie vor ihrem Besuch bei mir an, dass die sie ums Haus herumjagen würden. (»They would chase me round the house.«) Es wurde aber dann nicht so, das gegenseitige Vertrauen war sehr schnell hergestellt. Ja, während ich die Hausarbeiten verrichtete, Betten machte, Mittagessen vorbereitete, gingen Susi und Cosima mit Joan spazieren. Sie zeigten ihr unsere gewöhnlichen Spazierwege und kamen pünktlich zum Mittagessen zurück.

Einige Tage verbrachte auch June mit uns. Da wurde mir klar, welch inniges Band die beiden Freundinnen verband. Weiter erkannte ich, warum bei meinem ersten Besuch in Bournemouth das gespaltene Verhältnis nicht zu überwinden war. Joan hielt mich bewusst auf Abstand, denn sie wollte nicht, dass ich ihre Veranlagung bemerkte. Es war ja im Jahr 1957, da wurden die Menschen, die »andersrum« veranlagt waren, verfolgt. Und dass uns eine klare, natürliche Freundschaft beschieden war, das halte ich heute für ein großes Geschenk.

Das Haus in der Normanhurst Avenue war sehr geräumig. Im Erdgeschoss war der Eingangsbereich, das große Esszimmer, eine kleine Küche und vor dem Ausgang zum Garten ein kleines, gemütliches Zimmerchen. Die meiste Zeit stand die Türe offen, sodass Mrs Robson in den Garten hinausblicken und die Tiere dort beobachten konnte. In den Bäumen turnten Eichhörnchen herum. Viele Vögel zwitscherten in den Zweigen und waren dankbar für das Futter, das Mrs Robson ihnen bot. Ein Rotkehlchen (»robin redbreast«) wurde durch Krümel angelockt, sodass es ins Zimmerchen hüpfte und schließlich der Vogelliebhaberin aus der Hand fraß. Oft hielten wir ganz still, wagten kaum zu atmen, um den schönen geflügelten Gast nicht zu verjagen.

Einmal in den drei Wochen, die ich bei Mrs Robson Gast war, holte sie eine große Leiter und stellte sie an die Hauswand. Außerdem brachte sie eine lange Stange, die an einem Ende etwas wie eine Schere hatte. Mit einem Seilzug öffnete und schloss sie die Schere und schnitt dünne Zweiglein von den Bäumen. Immer mehr Licht fiel herein in den Garten und in das Stüblein. Was wir aber nicht sahen, das waren die vielen Insekten und Spinnen, die aus den Bäumen aufgestöbert wurden und mit den Zweigen herabkamen. Als Mrs Robson die Gipfel der Bäume ausgelichtet und den Abfall, in Säcke verpackt, aus dem Garten geräumt hatte, seufzte sie auf: »It's done now. I need a bath, for I feel all spiders.« (Geschafft! Ich brauche ein Bad, denn ich fühle überall Spinnen an mir herumkrabbeln.)

Damit verschwand sie nach oben ins Bad und zündete das Gas im Badeofen an.

Das Bad und die Schlafzimmer waren »upstairs«. »I go upstairs« konnte heißen, ich muss auf die Toilette oder ich gehe ins Bett.

Auch wenn Mrs Robson dazu nicht verpflichtet war, brachte sie jeden Abend ein Kännchen frischen Tee mit Milch und Zucker in mein Zimmer, dazu ein paar »biscuits«, süße Brötchen. Dann wünschte sie eine gute Nacht und zog sich zurück.

Wenn das Wetter zu kühl und der Himmel grau war, brauchte ich nur ein paar Schritte hinter das Haus zu gehen, dann war ich in einem kleinen Wäldchen. Dort gab es viele Rhododendronbüsche, die jetzt nicht in Blüte standen. Wie wundervoll müsste es im Frühling sein, wenn alle Büsche in den verschiedensten Farben glühten! Doch ohne Blüten war das Wäldchen nicht. Die gelben »evening primroses«, die Nachtkerzen, zündeten ihre wechselnden Kerzen an. Jeden Tag wuchsen sie ein wenig höher.

An den Spitzen waren neue Blüten aufgegangen, darunter hingen schlaff die gestrigen, und darunter zeigten sich die kleinen Samenschoten. So wechselte das Bild von Tag zu Tag.

Im feucht-kühlen Klima fühlten sich offensichtlich auch die Hortensien wohl, die in mannigfachen Farben blühten, vorwiegend aber in einem hellen Rosa. Das bedeutete, dass sie auf kalkhaltigem Boden wuchsen. Zwar wusste ich das damals nicht, aber im Nachhinein erscheint es nur logisch, denn die »cliffs« am Ärmelkanal sind ja bekannt als Kreideklippen.

An steilen, trockenen Stellen blühte der gelbe Ginster in üppiger Fülle, und Bienen suchten summend ihren Honig. Das waren die auffallendsten Blüten, aber es gab noch viele kleine, die gar nicht ins Auge fielen und doch den Staub des Erdreiches bedeckten. Auch sie wurden von den Bienen wohl beachtet und trugen so zum Aroma des Blütenhonigs bei.

Der Gang zum Strand über die Golf Links war nicht ungefährlich. Die hart geschlagenen Golfbälle kamen mit voller Wucht dahergeflogen. Je nachdem wo sie auftrafen, konnten sie sogar tödlich sein. Deshalb war der Weg offiziell verboten. Es war jedoch der kürzeste Weg zum Strand. Joan brachte mir bei, wie ich nicht in den Weg der Golfbälle kam, wo die besten Stellen, ausgetretene Trampelpfade, waren, auf denen man unbeschadet über den Link kommen konnte.

Die bequemste Art an den Strand zu kommen war, mit dem Bus in die City zu fahren und von da aus noch eine Strecke zu gehen. Aber der Bus kostete natürlich Geld, von dem ich nicht sehr viel hatte. Deshalb sparte ich das Fahrgeld für kleine Mitbringsel. Es war ja nicht angebracht, auf einer schönen Reise gewesen zu sein und mit leeren Händen zurückzukommen!

Nach drei Wochen war der Abschied gekommen. Von Mrs Robson verabschiedete ich mich im Haus 53, Normanhurst Avenue, aber Joan begleitet mich im Bus zur Central Station, wo ich meine Reisegruppe treffen sollte. Wir waren zeitig da. Vor dem Bahnhofsgebäude verabschiedeten wir uns. Leise flüsterte sie mir zu: »It was good to have you here!« (Es war gut, dass du hier bei uns warst.) Dabei glitzerten Tränen hinter ihrer Brille. Ja, es war eine gute, schöne Zeit gewesen mit Mutter und Tochter Robson.

Ein paarmal besuchte ich sie noch, wenn ich in England war. Dann starb Mrs Robson. Für Joan war das große Haus zu kostspielig, zumal sie nicht mehr an Feriengäste vermieten konnte. Sie verkaufte es und kaufte sich im naheliegenden Christchurch eine kleine Wohnung mit Garten. Jahrelang wechselten wir Briefe. Sie schrieb in Deutsch, weil sie die Sprache üben wollte. Sie forderte mich auf, ihre Fehler zu berichtigen. Ich schrieb in Englisch, auch weil ich die Sprache üben wollte. So förderten wir uns gegenseitig. Wir schickten uns zu den Festtagen kleine Geschenke, interessante Bücher, CDs mit Musik, selbstgebastelte Kalender. Ein kleines Hundebüchlein auf Englisch freute mich ganz besonders. Zeigte es mir doch, dass Joan auch mit Interesse an meine Hunde dachte.

Vor einigen Jahren teilte sie mir in ziemlich unsicherer Schrift mit, dass sie in einem Heim lebe, weil sie pflegebedürftig geworden sei. Dann konnte sie auch nicht mehr schreiben. Sie diktierte einer Freundin oder Pflegerin ihre Weihnachtskarten. Die Nachrichten waren sehr knapp gehalten. Und dann kam keine Antwort mehr auf meinen Gruß. Ich weiß nicht, ist Joan noch am Leben? Doch wünsche ich ihr, dass sie in Frieden ruhen darf.

Schwestern

Lea und Rahel

In der Literatur treten viele Schwestern auf, manchmal miteinander, manchmal auch gegeneinander. Die ersten stammen aus dem Alten Testament. Sie wurden beide Frauen eines Mannes namens Jakob, der vor seinem Bruder fliehen musste. Er hatte ihn nämlich um sein Erstgeburtsrecht betrogen. Zuflucht fand er im Haus seines Oheims und verliebte sich ausgerechnet in Rahel, die jüngere der beiden Schwestern. Rahel war schön und freundlich. Sie hütete die Schafe ihres Vaters Laban. Als Jakob auf die Siedlung Haran zukam, fand er vor den Häusern (oder waren es nur Zelte?) eine große Menge Schafe, die jetzt um die Mittagszeit getränkt werden sollten. Es waren Hirten, die nur um den Brunnen herumlungerten. Diese fragte er, woher sie kämen und ob sie seinen Onkel und seine Familie kannten. Ja, sie kannten Laban gut. »Dort kommt gerade Rahel, seine jüngere Tochter mit ihren Schafen.« Ein schönes Mädchen näherte sich dem Brunnen. Erinnerte sie ihn an seine Mutter Rebekka? Mindestens die Situation der ersten Begegnung vor dem Brunnen glich der, die ihm seine Eltern geschildert hatten. Der Knecht, der auf Brautschau für seinen jungen Herrn geschickt worden war, traf das junge Mädchen am Brunnen und bat sie, ihm zu trinken zu schöpfen. Rebekka tat es und tränkte auch gleich seine Tiere. Daran erkannte der Knecht Elieser, dass das die künftige Frau des jungen Isaak sein solle. Aus dieser Ehe gingen die ungleichen Zwillinge Esau und Jakob hervor. Wer davon Weiteres erfahren will, kann das im Buch Genesis in der Bibel nachlesen.

»Warum tränkt ihr nicht eure Tiere und treibt sie wieder auf die Weide? Der Tag ist noch lang, da könnten sie doch noch ein wenig fressen.« – »Ein paar Herden sind noch nicht da, und wir wälzen erst den Stein vom Brunneneingang, wenn alle da sind.« Offenbar wollte Jakob die Zuschauer weghaben, wenn er zum ersten Mal seine Verwandte traf.

Die junge Hirtin kam näher. Jakob fand wohl, sie sollte nicht mit den anderen Schäfern hier herumlungern, bis alle Herden beisammen waren. Also ging er hin und öffnete den Zugang zum Brunnen, sodass Rahel nicht warten musste. Als die Ziegen und Schafe getränkt waren, trieben sie gemeinsam die Herde dem Anwesen Labans zu.

So begegneten sich Rahel und Jakob, und es scheint Liebe auf den ersten Blick gewesen zu sein. Laban stellte seinen Neffen als Hirten ein, und bald zeigte sich, dass er sehr geschickt in der Behandlung der Tiere war. Als Jakob den Laban um die Hand seiner Tochter Rahel bat, unterbreitete der ihm einen Plan: Er solle sieben Jahre um seine Liebste die Herden versorgen. Der Bibel nach war Jakob so verliebt, dass ihm »die sieben Jahre wie sieben Tage vorkamen.«

Am Ende der sieben Jahre richtete der Brautvater dem Brautpaar eine prächtige Hochzeit aus. Die Männer und Frauen feierten getrennt. Die Frauen mussten nebenbei die Männer reichlich mit Speisen und Getränken versorgen, sodass für sie eine so große Feier stets in Arbeit ausartete. Die Männer hatten alle Rechte in der Familie, aber die Frauen waren das ja gewohnt. Der Bräutigam durfte seine Braut in den Tagen vor der Hochzeit nur verschleiert sehen. Das nutzte Laban aus. Statt dem Jakob die geliebte Rahel zuzuführen, legte er die ältere Tochter Lea, die dem Bräutigam gar nicht gefiel (er konnte sie nicht lieben), ins Brautbett. Erst am nächsten Morgen erkannte Jakob, dass er mit der falschen Braut verheiratet war. »Es gehört sich nicht, dass die jüngere Tochter vor der älteren verheiratet wird. Aber wenn du die Rahel unbedingt willst, dann arbeite für sie auch sieben Jahre.«

Jakob war auch dazu bereit. Nun hatte er zwei Frauen mit ihren Mägden. Die waren Eigentum der Frauen und mithin ihres Gatten, also eigentlich Sklavinnen.

Bald kamen die Kinder. Geschätzt waren nur die Söhne. Töchter wurden nur erwähnt, wenn sie eine maßgebliche Rolle spielten im Leben der Familie. Zwischen den Schwestern Lea und Rahel gab es Streit um die Zuneigung des Mannes. Mutter sein war die eigentliche Bestimmung der Frau. Lea, die Ungeliebte, zum »Ausgleich« Fruchtbare, wie die Bibel erzählt, bekam zunächst vier Söhne. Ihre Schwester Rahel konnte keine Kinder bekommen. Daher gab sie ihre Magd dem Jakob zur Zeugung von Kindern. Die bekam auch zwei Söhne nacheinander.

Lea hatte ihre vier Söhne, aber das war noch nicht genug, zumal nun auch noch Rahels Magd Söhne geboren hatte. Also gab sie ihrem Mann ihre Magd, damit er auch mit ihr Kinder zeuge. Die Magd Leas bekam nun zwei Söhne. Danach bekam Lea durch verschiedene Machenschaften und Bestechungen weitere zwei Söhne und eine Tochter. Sie hatte nun sechs eigene Söhne, dazu die beiden der Magd. Diese Kinder waren natürlich des Mannes Eigentum, wurden aber nicht der Magd, sondern der Herrin, der Ehefrau, zugeschrieben. Die Versorgung und Erziehung oblag der ganzen Großfamilie, nicht nur den Eltern, sondern auch den Knechten und Mägden. Sie wuchsen also in eine Gesellschaft hinein, die nach außen, gegen Fremde einig, nach innen voller Eifersucht, Habgier und Neid war.

Endlich »erbarmte sich der Herr der Rahel.« Sie wurde schwanger und bekam einen Sohn, den elften für Jakob. Er bekam den Namen »Joseph«. Mit ihm begann eine neue Leidens- und Heilsgeschichte, nachzulesen im Buch Genesis, dem ersten Buch der Bibel. Seiner Geschichte will ich nicht folgen. Ihrer haben sich Berühmtheiten wie Thomas Mann mit seiner Trilogie »Joseph und seine Brüder« und der französische Komponist Étienne-Nicolas Méhul mit einer Oper angenommen.

Mir liegt die Geschichte der Schwestern am Herzen. Sie endet mit der Rückkehr des Jakob und seiner ganzen Habe, Ziegen, Schafen, Kamelen, Knechten, Mägden und vor allem der großen Familie.

Zwanzig Jahre hatte Jakob seinem Schwiegervater Laban gedient, zuerst für die Frauen, dann für den Unterhalt der Familie.

Immer wieder hatte Laban den Vertrag zu seinem eigenen Vorteil geändert, aber immer wieder hatten die List und die Geschicklichkeit Jakobs den Vorteil auf seine eigene Seite gekehrt. Nun wollte er heimkehren zu seiner Mutter Rebekka. Dass sein Vater Isaak noch lebe, konnte er nicht annehmen, aber da war noch der betrogene Bruder Esau. Von dem erwartete er nichts Gutes.

Damit ihm der Schwiegervater nicht wieder Steine in den Weg werfen konnte – er hatte schon seit einiger Zeit bemerkt, dass Laban ihm nicht freundlich gesinnt war –, verließ er mit all seiner Habe den Ort Haran, als Laban bei der wichtigen Arbeit der Schafschur war. Die Abreise geschah so heimlich, dass der große Zug Jakobs schon sieben Tagesreisen weit gekommen war, als Laban davon erfuhr. Er jagte dem Zug nach und gab vor, dass er sehr enttäuscht sei von der heimlichen Abreise seiner Töchter und Enkelkinder. Er hätte doch gerne Abschied genommen und ihnen Lebewohl gesagt. Außerdem habe Jakob ihm seine Hausgötter gestohlen, die müsse er herausgeben. Jakob sagte, er solle doch die Zelte und das Gepäck durchsuchen. Er war sich keiner Schuld bewusst. Durch die Schlauheit Rahels fand Laban aber nichts, was ihm mit Fug und Recht gehörte. So musste er sich mit Schimpf und Schande wieder auf den Heimweg machen.

Unterwegs, als sie schon nahe bei Bethlehem waren, bekam Rahel ihren zweiten Sohn. Sie starb bei der Geburt und wurde am Weg begraben. Noch heute sieht man ein steinernes Gebäude aufragen, das als »Rahels Grab« bezeichnet wird. Es ist eine Erinnerungsstätte sowohl für Christen als auch für Juden und Muslime.

Der kleine Benjamin wuchs mit seinem Bruder Joseph und den anderen Kindern Jakobs auf. Als Jüngster, Mutterloser, war er wohl der Liebling aller. Sein älterer Bruder Joseph zog sich die Feindschaft der Brüder zu durch seine vermeintlich arrogante Art und durch die Bevorzugung des Vaters. Seine offene Art, seine Träume frei zu erzählen, in denen sich Vater, Mutter und Brüder vor ihm verneigten, schaffte ihm auch nur Feinde. So kam es, dass die Brüder ihn als Sklaven verkauften. Das alles ist nachzulesen im Buch Genesis, dem ersten Buch der Bibel.

Maria und Martha von Bethanien

Im Neuen Testament, im Evangelium des Lukas und im Evangelium des Johannes, wird die Geschichte von einem Mann, Lazarus und seinen zwei Schwestern, Martha und Maria von Bethanien erzählt. Nach Lukas war Martha diejenige, die das Sagen hatte im Haus. Dort heißt es nämlich: »Martha nahm sie (Jesus und seine Jünger) auf in ihr Haus …« Sie war es, die kochte, putzte, wusch und dafür sorgte, dass alles in Ordnung war. Sie war die Praktische, vermutlich auch die Ältere. Ihre Schwester Maria half ihr bei den Arbeiten. Da lassen sich verschiedene Vermutungen anstellen: War Maria zart und schwächlich, sodass sie immer wieder geschont werden musste? War sie intellektuell hungrig und unbefriedigt? Fühlte sie sich von der Herrschaft ihrer Schwester unterdrückt, fand aber weder Kraft noch Grund, sich dagegen aufzulehnen? Über all diese Fragen gibt die Bibel keine Auskunft.

Martha hatte also den Freund der kleinen Familie, Jesus von Nazareth mit seinen Jüngern, in ihr Haus aufgenommen. Das waren nun dreizehn Gäste, dazu Lazarus und vielleicht noch weitere Freunde. Die beiden Schwestern hatten also alle Hände voll zu tun, dass die Gäste glücklich waren. Die Begrüßung und die traditionelle Fußwaschung oblag dem Hausherrn Lazarus, aber das Kochen und Auftragen war Frauensache. Plötzlich war Maria verschwunden. Auf dem Herd warteten die fertigen Speisen, in den steinernen Krügen kühlte der Wein, aber Maria kam nicht, die Speisen aufzutragen. Martha trug nun selber auf, und was sah sie da? Maria saß zu Jesu Füßen und hörte gebannt zu, was der Meister erzählte. Eine große Hingabe lag auf ihrem Gesicht. Das sollte doch nicht sein! Was hatte denn eine Frau, ein Mädchen, das etwas auf sich hielt, unter lauter Männern zu tun? Sie durfte nur dienend in Erscheinung treten. Aber der Schwester Martha stand es nicht zu, die Ungehorsame vor allen Männern zu schelten. Darum wandte sie sich an Jesus: »Herr, fragst du nicht danach, dass mich meine Schwester allein dienen lässt?«

Da erst sah der Herr, wie glücklich Maria zu ihm aufblickte. Er sah Martha an und antwortete: »Ja, Martha, du machst dir viel Sorgen und Arbeit, aber Maria hat das wirklich Gute und einzig Wichtige getan, und das wollen wir ihr doch nicht wegnehmen! Sie hört auf das Wort des Lebens, fühlt die ewige Quelle in ihr Herz fließen.«

Die biblischen Schwestern sind zwar keine Gestalten, die ich wirklich erlebte, aber ihre Geschichten habe ich schon als Kind oft erzählen hören, später in der Kinderkirche und als Lehrerin noch öfter selbst erzählt, sodass sie mir zu leibhaftigen Gestalten geworden sind, an denen man sich ein Beispiel nehmen kann.

Die Zwillinge Maria und Marta

Die Bekanntschaft zu Marta Wahl besteht aus unserer gemeinsamen Zeit in der Lehrerinnenoberschule in Markgröningen. Sie war lange eingeschlafen, bis Marta meine Markgröninger Erinnerungen »Wechselnde Pfade, Schatten und Licht« bekam. Damit fing ein reger Briefwechsel an, in dem mir Marta all ihre alten Erinnerungen aus ihrem bisherigen Leben nach und nach mitteilte. Sie dachte, ich sollte auch ihre Erinnerungen aufschreiben.

Im zeitigen Frühjahr, fast war es noch Winter, wurden die Zwillinge geboren. Sie hatten keinen Vater, vielmehr, ihr Vater war verheiratet, aber nicht mit ihrer Mutter. Nun waren es auch noch Zwillinge, Mädchen, denen der Makel der unehelichen Geburt anhaften würde.

Es war eine schwierige Geburt, nicht nur, weil es die erste Entbindung der jungen Mutter war, sondern auch weil es Zwillinge waren. Das erste Mädchen war schon ganz blau und »musste ins Leben geschlagen werden«, wie später berichtet wurde. Es bekam den Namen Maria nach der Maria von Bethanien. Sie kam eine halbe Stunde vor ihrer Schwester zur Welt. Diese jüngere Schwester wurde Marta getauft, nach der geschäftigen Martha von Bethanien. Als Kleinkind war sie »die Dicke«, ein freundliches, aufmerksames, munteres Ding.

Die beiden Mädchen wuchsen in dem Gasthaus »Waldhorn« ihres Großvaters im oberen Remstal auf. Schon bald wurden die Kinder eingespannt in die Arbeiten der Erwachsenen und lernten, Verantwortung zu übernehmen. Der Großvater war ein großer, freundlicher Mann. Er hatte mehrere Angestellte, die meisten waren Verwandte. Die Mutter arbeitete in einem Verlag. Die Kontrolle der fertigen Bücher war ihr übertragen. Oft brachte sie beschädigte Bücher mit nach Hause. So kamen die Mädchen schon früh in Kontakt mit dem gedruckten Wort.

Als die Zwillinge sechs Jahre alt waren, heiratete die Mutter. Die Kinder kannten den Mann, solange sie denken konnten, als lieben Onkel, und er war auch sehr besorgt um das Wohlergehen seiner »angeheirateten« Töchter. Nach einiger Zeit kam ein Büblein dazu, das für die Töchter immer »unser Bruder« war. Er wurde Eberhard getauft.

Da die Mutter bei ihrer Arbeit und die übrigen Verwandten in der Wirtschaft beschäftigt waren, wurden die Schwestern für den kleinen Eberhard als Kindsmägde beschäftigt. Die Maria erwies sich dabei als recht unzuverlässig. Während sie den Kinderwagen auf der Mitte der Straße dahinschob, träumte sie vor sich hin. So übersah sie ein Pferdfuhrwerk. Es waren schwere Zugpferde, die Bierfässer zum Gasthaus zogen. Geistesgegenwärtig griff Marta ein und riss den Kinderwagen samt der Schwester auf die Seite. »Ich musste immer auch auf sie aufpassen«, berichtete Marta später.

Die Marta war zu allen Dingen zu gebrauchen, nicht nur zum Kinderhüten. Sie holte das Brot vom Bäcker für das Gasthaus des Großvaters, aber auch für das Klostergasthaus oben auf dem Berg. Sie brachte Fleisch und Würste aus der Metzgerei des Großvaters zu den Honoratioren im Städtle und zum Klostergasthaus. Das Wägele, auf das sie die Waren geladen hatte, war nicht leicht den Berg hinaufzuziehen. Manchmal wurde sie auch nass vom Regen. Aber sie war ja hart im Nehmen und dabei ein glückliches Kind.

Elf Jahre waren die Zwillinge nun alt. Der Vater war Soldat in Russland wie viele andere junge Männer. Als er den Gestellungsbefehl zum Militär hatte, fragte er die beiden Schwestern: »Wöttet ihr net dass i euch adoptier? Wenn i falla dät em Krieg, no wäret ihr meine oigene Kender wie dr Eberhardle au ond dätet a Kriegswoisarente kriega.« (Möchtet ihr nicht, dass ich euch adoptiere? Wenn ich im Krieg fallen würde, wäret ihr meine eigenen Kinder wie der kleine Eberhard und bekämet eine Kriegerwaisenrente.) Die Maria hatte dazu keine Meinung, aber die selbstbewusste Marta erklärte mir später: »Mit elf Jahren konnte ich meine Identität nicht mehr wechseln.« Vielleicht ist auch der Gedanke an den Großvater im Hintergrund gestanden bei dieser Entscheidung, der Großvater, dessen Nachnamen sie trugen und der immer für sie gesorgt hatte. Treu war die Marta bis zur Selbstaufgabe. Das erwies sich immer wieder in ihrem Leben.

Kurz vor Weihnachten 1942 zogen der Stiefvater, die Mutter, das Brüderle und die beiden Töchter um von der Kleinstadt im Remstal in eine kleine Gemeinde auf dem Schurwald. In dem kleinen Dörfle war ein alter Verwandter gestorben, und sein Haus stand nun leer. Der Erbe, Patenonkel des Eberhardle, befürchtete, dass das leer stehende Haus von Evakuierten aus dem Rheinland besetzt würde, und wollte lieber seine Verwandten darin wissen. Also packte die Familie ihre Siebensachen zusammen und zog in das große Haus auf dem Schurwald.

Es war ein unruhiges Weihnachtsfest, nicht nur wegen der Unordnung nach dem Umzug und der neuen Umgebung, sondern auch wegen der Unsicherheit. Der Vater hatte bisher in einem »kriegswichtigen Betrieb« gearbeitet, einer Fabrik, die Ski und andere Ausrüstungsgegenstände aus Holz für den Winterkrieg im Norden herstellte. Doch nun war die Kriegsführung wichtiger als die Herstellung von Ausrüstungsgegenständen. Deshalb hatte der Vater seinen Gestellungsbefehl bekommen und musste einrücken.

Bald hatte sich die Familie eingelebt. Die Mutter, die nicht mehr im Verlag arbeiten konnte und von ihrer Familie nicht ganz ausgelastet war, übernahm verschiedene Dienste in der Kirchengemeinde. Sie verrichtete Mesnerdienste. Das bedeutete, sie war verantwortlich für die Reinigung und den Blumenschmuck in der Kirche, für das Glockengeläute, für Handreichungen für den Pfarrer vor, während und nach den Gottesdiensten, für die Sauberkeit (Kehren) außerhalb der Kirche.

Auch im Gemeinschaftssaal der Altpietisten waren Mutter und Töchter helfend tätig. Der Marta gefiel besonders der Gesang in der Kirche und in der »Stund«. Ab und zu durfte sie auch Solo singen zu besonderen Anlässen im Kirchenchor.

Im Frühjahr wurde sie als Kindsmagd von einer Bauersfrau eingestellt. Sie hatte schon immer gerne das kleine Brüderle gehütet und beschäftigt, deshalb freute sie sich auf ihren neuen Posten. Aber dann kam alles ganz anders. Sie bekam immer öfter den Auftrag, draußen auf den Äckern und Wiesen zu arbeiten.

Die Arbeitgeber waren verpflichtet, den Kindsmägdlein Mittagessen, Vesper und Abendessen, dazu im Herbst, wenn die Feldarbeit zu Ende war, als Lohn eine vereinbarte Summe Geldes und ein Kleidungsstück, etwa eine Schürze oder ein Paar Strümpfe, zu geben. Die Marta bekam kein ordentliches, nahrhaftes Essen und musste, wenn sie einmal eine freie Zeit gehabt hätte, auf der Treppe sitzen und stricken.

Immer wieder ließen die Mütter Fotos von den Kindern machen, um sie den Vätern ins Feld zu schicken. Darauf schrieb einmal der Vater: »Was ist denn mit der Marta los? Ist sie denn krank? Sie ist ja so mager!« Nein, sie war nicht krank, sie war nur immer am Laufen und Arbeiten. Dazu kamen das schlechte Essen bei ihrem Dienstherrn und die Ungewissheit, was mit den Verwandten im Feld war und was noch mit ihnen geschehen mochte. Das alles belastete das feinfühlige Mädchen sehr.

Eine große Freude bereitete ihr die Musik. Die Singstunden im Kirchenchor, das Singen in der Kirche und in der Gemeinschaftsstunde verschafften ihr einen Ausgleich zu ihrer harten Arbeit. Außerdem war da in der Nachbarschaft ein junger Mann, der Marta Harmoniumunterricht gab. Bei dieser Gelegenheit lernte sie Noten zu lesen und auch vom Blatt zu spielen. Die musikalische Begabung verschaffte ihr Bewunderung im Ort, und das tat ihr so unendlich gut.

Das Jahr 1945 nahm seinen Verlauf. Die Zwillinge waren nun dreizehn Jahre alt. Sie würden bald die Volksschule abgeschlossen haben und planten ihren künftigen Werdegang, zusammen mit ihrer Mutter. Aber zuvor kam das lang ersehnte – und gefürchtete – Kriegsende. Marta beschreibt es so: »Da kam ein Offizier in die Stube vom letzten Haus gegenüber der Kirche und sagte zu meiner Mutter: ›Das Haus liegt im Ortszentrum. Der Ort wird verteidigt. Verlassen Sie sofort das Haus.‹ Meine Mutter sagte: ›Wo soll ich denn hin mit drei Kindern, einem alten Mann und drei schwer kranken Evakuierten?‹ Er schrie: ›Noch ein Wort, und ich stelle Sie an die Wand!‹ Ich kam hinter dem Harmonium hervor, stellte mich neben meine Mutter und zog sie am Kleid, damit sie still sein solle. Er sah uns wütend an aus seinen braunen Augen, ging hinaus und schrieb mit gelber Kreide die Haustür voll: »Regiment ... Abteilung ...« mit arabischen und römischen Ziffern. Ich wartete, bis er um die Kurve nach Reichenbach verschwunden war. Dann holte ich einen nassen Lappen und wischte alles ab. Nun kam eine ganze Phalanx militärischer Chargen. Elf Funker zogen in unsere Stube. Ich lauschte heimlich am Küchenfenster und hörte, wie einer sagte: ›Die Amerikaner kommen schon den Ottilienberg in Schorndorf herauf. Nach Hochdorf hinüber ist es noch offen.‹ In der folgenden Nacht zogen sie ab.

Der damalige Bürgermeister schickte ein Mädchen im Flecken herum, die Leute sollen Kommissbrot in seiner Scheuer holen. Ich nahm das Wägele, meinen fünfjährigen Bruder und eine Grätta (Weidenkorb mit zwei Henkeln) und fasste sechs von den schweren schwarzen Laiben ein. In der Scheuer war vom Boden bis zur Decke alles voller Kommissbrot. Wir gingen schnell heim. Von Ebersbach her hörte man das Schießen der Amerikaner.

Ein Soldat, der Herbert Morgenrot, hatte am Straßenwärterhäusle geschossen. Nun lag er da, tot. Ein Mädchen vom letzten Haus wollte ihn ansehen und wurde von Schwarzen vergewaltigt.

Der Bürgermeister schickte einen französischen Kriegsgefangenen, der den Bäuerinnen bei der Feldarbeit helfen musste, den Amerikanern entgegen. Vielleicht sollte er den Amerikanern deutlich machen, dass es ihm bei uns gut gegangen war und dass im Flecken nicht nur Deutsche wohnten, sondern auch Kriegsgefangene.

Aus dem Fensterle im Gang sah ich auch eine Gruppe Männer in Sträflingskleidern. Ein Mann mit einem Gewehr bewachte sie unter der Linde an der Kirche. Einer der Sträflinge sah mich am Fensterle und machte mir ein Zeichen mit der Hand, dass er Hunger habe. Ich solle doch bitte etwas zum Essen bringen. Wir hatten noch ein Riebele (Endstück von einem Laib) Brot in der Schublade. Ich schnitt eine Scheibe davon ab. Dann ging ich in den Keller und holte einen Teller voll von unseren späten Äpfeln, die noch gut waren. Damit ging ich die Kirchenstaffel hinauf und verteilte die Äpfel und das Brot an die Gefangenen. Der Bewacher mit dem Gewehr sah mich, drehte sich um und schaute weg.

Am Samstag, 21. April, kam noch eine letzte Zeitung. Darin stand ein Aufruf: ›Deutsche, ergebt euch nicht! Diejenigen, die sich ergeben haben, sind von den Amerikanern in Frankfurt gleich erschossen worden.‹

Um halb drei gingen wir in den Pfarrhauskeller. Auf einmal schrie die Pfarrerstochter, eine Dolmetscherin: ›Im Nachbarhaus werden die Fenster eingeschlagen!‹

Der kranken Frau aus Essen, die nicht in den Keller gehen konnte, war gesagt worden, sie solle die Haustüre nicht abschließen. Um sich sicher zu fühlen, hatte sie trotzdem abgeschlossen. Nun schlugen die Amis das Glas an der Haustüre ein! Ich fing an zu zittern, dass meine Knie auf- und niederklapperten. Ich konnte nichts dagegen tun. Außerdem bekam ich einen greulichen Magenkrampf. Das war vielleicht auch, weil ich nichts im Magen hatte. Sicher ist, dass ich Todesangst ausstand im Gedanken an die Amerikaner und die Drohung in der Zeitung. Mein Großvater, der neben mir saß, sagte nichts, aber er legte seinen Arm um mich und drückte mich ein wenig an sich. Da wurde mir wieder besser.

Plötzlich rief ein Amerikaner in den Keller, in dem wir saßen: ›German soldiers?‹ Der Pfarrer, der vormals Missionar an der Goldküste gewesen war, verstand und sprach Englisch. Er verhandelte mit den Amerikanern.

Als wir in unser Haus zurückkehrten, ging ich in die Dachstube. Zu meinem Schrecken sah ich das einzige Hitlerbild, das wir je besessen hatten, auf dem Tisch liegen. Es war immer in einer Schuhschachtel gewesen; wir hatten es nie aufgehängt. Waren die Amerikaner da oben gewesen und hatten das Bild aus der Schachtel geholt? Oder hatten sie nicht das ganze Haus durchsucht und das Bild gar nicht gesehen? Diese Frage war nun überflüssig.

Ein paar Hitlerjungen in der Nachbarschaft wollten ihre Uniformen loswerden und schoben sie unter dem Zaun in unseren Garten. Aber wir hatten doch keinen Hitlerjungen im Haus. Unser Brüderle war ja erst fünf. Also ging ich in den Garten und schob die Uniformen mit einem langen Stock wieder hinaus auf den Weg. Da konnten sie niemand zugeordnet werden. Es war höchste Zeit, dass ich sie aus unserem Garten hinausgeschafft hatte, denn kaum war ich wieder im Haus, schaute ich zum Fenster hinaus. Da kam der erste Jeep, den ich sah, beladen mit amerikanischen Soldaten, am Haus vorbei. ›Jetzt ist's passiert, jetzt werden wir an die Wand gestellt!‹, fuhr es mir durch den Kopf. Aber niemand kam herein. Nur unsere Nachbarn mussten ihr Haus räumen. Sieben Personen mussten wir noch zusätzlich bei uns aufnehmen. Der Nachbar besaß eine Pistole und fragte, wo er sie hintun solle, denn es war gefährlich eine Waffe zu besitzen. ›Leg sie auf die Hobelbank im hinteren Gang‹, wurde ihm gesagt.

Viele Leute versuchten, vor den Besatzern zu fliehen. Wenn man abends ausging – es gab noch keine Sperrstunde –, sah man um den Hohenstaufen herum viele kleine Lichtlein schimmern und Rauch aufsteigen. Das waren Feuerchen, an denen die Flüchtenden sich ihr Essen wärmten. Diese Menschen hofften immer noch, vor den Amerikanern in Sicherheit zu kommen.

Die ganze Nacht zitterten die Häuser an der Durchgangsstraße vom Geräusch der Kraftwagen und dem Stampfen der Stiefel. Immer hastiger, immer schneller wechselten diese Geräusche, bis sie gegen Morgen verstummten. Ob sie wohl davongekommen waren? Die Amerikaner waren ihnen ja hautnah auf den Fersen. In dieser Nacht zerbrach gewaltsam mein Ideal vom Dritten Reich, das uns Kindern so sorgfältig eingetrichtert worden war. Doch das war kurz bevor die Amis einrückten und den Flecken in Besitz nahmen.

Am nächsten Morgen, es war Sonntag, kam der Pfarrer und gab mir den Auftrag, ich solle im Flecken herumgehen und den Leuten sagen, dass um halb zehn Kirche sei. Die einzige verbliebene Glocke – die anderen waren abgeholt und eingeschmolzen worden für Munition und Kanonen – durfte nicht geläutet werden. Nur in zwei Häusern konnte ich meinen Auftrag erfüllen, dann kam ein Armeekarren. Ein Soldat sprang heraus, packte mich am Arm und hielt mir eine Pistole unters Kinn. Ich wehrte mich und schrie, ich müsse den Leuten sagen, dass heute Kirche sei. Aber niemand kam mir zu Hilfe. Was müssen diese Soldaten für eine Angst gehabt habe vor uns Deutschen, wenn sie ein dreizehnjähriges, unbewaffnetes Mädchen derart bedrohten! Aber auch wir hatten eine panische Angst vor den Amerikanern, schon lange.

Ich erinnere mich, dass wir im Sommer 1944 Kartoffelkäfer sammeln mussten. Das war ein Teil unseres Beitrags zum ›Endsieg‹. Die Feinde wurden nämlich verdächtigt, dass sie die Kartoffelkäfer über Deutschland ausgesetzt hätten, um die Kartoffelfelder zu zerstören und uns einen guten Teil unserer Nahrungsgrundlage zu entziehen. Ich fand am Rande eines Feldes ein Bündel Flugblätter. Ich fürchtete, sie seien vergiftet und fasste sie nur mit Gras an. Von Weitem las ich: ›Deutsche, glaubt Hitler nicht! In Stalingrad geht eine Armee zugrunde!‹ Ja, damals hatte ich noch gute Augen. Jetzt kann ich nur bei gutem Licht und mit der Lupe lesen.« So weit der Bericht von Marta über das Kriegsende.

Der Krieg war zu Ende gegangen, aber bis der Vater aus der Gefangenschaft zurückkehrte, vergingen noch mehr als zwei

Jahre. Im Frühjahr 1947 wurden die Zwillinge konfirmiert und aus der Volksschule entlassen. Nun musste entschieden werden, welche Berufe sie ergreifen sollten. Da in der weitläufigen Familie viele Lehrer gewesen waren, so lag der Gedanke nahe, dass auch die beiden jungen Töchter Lehrerinnen werden könnten. Doch die Mutter hatte Bedenken. »Der Alfred ist nicht euer leiblicher Vater. Er hat schon viel für euch getan, aber die Kosten der langen Lehrerinnenausbildung können wir ihm nicht zumuten. Eine von euch kann Lehrerin werden, die andere muss Geld verdienen.« Wo aber kann ein junges Mädchen, fast noch ein Kind, am schnellsten Geld verdienen? Sie musste in eine Fabrik gehen. Doch diese Entscheidung konnte noch ein wenig aufgeschoben werden. Vorläufig machten beide einen Kurs in der Höheren Handelsschule in Esslingen. Das war zum einen eine Zeitüberbrückung und zugleich die erste Stufe auf einer besser dotierten und angenehmeren Berufslaufbahn.

Im Frühjahr 1948 nahmen beide Schwestern an der Aufnahmeprüfung für das »Helene-Lange-Gymnasium mit Internat« in Markgröningen teil. Beide bestanden und hätten im Herbst anfangen können, dort auf die Reifeprüfung zu lernen. Die Mutter hoffte auf einen finanziellen Zuschuss von einer begüterten Großtante. Diese aber starb, kurz bevor die Mädchen ihre weitere Ausbildung begannen. Ein Koffer von ihr blieb der Marta, der sie lange Zeit begleitete und in dem sie ihre Kleider und Bücher nach Markgröningen transportierte.

Im Herbst 1948 kehrte der Stiefvater aus der englischen Gefangenschaft heim, kurz bevor das neue Schuljahr in Markgröningen anfing. Das war ein Jubel! Der Kleine erkannte seinen Vater kaum wieder, und auch der Vater war überrascht, einen so großen Buben vorzufinden. Doch durch die Erzählungen der Mutter und durch Bilder war die Erinnerung des Kindes lebendig geblieben, und durch liebevolle Zuwendung des Vaters entstand bald eine neue Vertrautheit. Nun war wieder ein Mann im Haus, der die Versorgung der Familie übernahm. Die Weichen für die Zukunft waren neu gesellt.

Am Abend vor der Abreise fragte Marta ihre Schwester: »Fährst du nach Markgröningen, oder soll ich fahren?« Sie war also bereit, in die Fabrik zu gehen und ihrer Schwester die Ausbildung für den Lehrerinnenberuf zu ermöglichen. Aber Maria antwortete: »Nein, ich will nicht fahren!« – »Mit mir zusammen hätte sie es vielleicht gepackt, aber allein wollte sie nicht im Internat sein«, vermutete Marta später.

Am Abend vor der Abreise kam der junge Nachbar Ernst, der Marta das Harmoniumspielen beigebracht hatte, und wollte sie von ihrem Plan abbringen. Als er sah, dass sie fest entschlossen war, ihren Weg zu gehen, brachte er seine Mutter zur Unterstützung mit. Diese kam allerdings auch aus egoistischen Gründen. Marta hatte oft für sie gearbeitet, und das würde sie nun nicht mehr können. Energisch rief sie daher: »Du gohscht et noch Markgrenenga. Mei Bue heiratet nemlich koi Schuelmoischtere!« (Du gehst nicht nach Markgröningen. Mein Sohn heiratet nämlich keine Schulmeisterin!) »Eine schöne Brautwerbung!«, dachte Marta bei sich. Sie dachte ja gar nicht ans Heiraten. Aber laut sagte sie das nicht. Am anderen Tag reiste sie ab.

Da war sie nun in der Internatsschule am Ende des historischen Städtchens Markgröningen. Die Helene-Lange-Schule liegt an der westlichen Mauer des Städtchens. Die Gebäude des Internats stoßen an den Oberen Torturm, der Fahrzeugen und Fuhrwerken einen engen Durchlass in die umliegenden Felder und hinunter ins Glemstal und weiter nach Unterriexingen bietet.

Die Mädchen schliefen in einfachen Holzbetten auf Matratzen, die die Eltern ihnen ins Internat geliefert hatten. Auch die Bettwäsche wurde von daheim mitgebracht und zu Hause gewaschen. Je nach Größe der Schlafsäle standen bis zu zehn Betten darin. Daran musste sich die Marta erst gewöhnen. Sie hatte ja in ihrem Elternhaus, seit sie konfirmiert waren, in einem Zimmer nur mit ihrer Schwester zusammen geschlafen. Nun war sie mit vielen Mädchen zusammen.

Das Essen wurde gemeinsam im großen Speisesaal eingenommen. Zeitweilig waren es etwa sechshundert Schülerinnen, die klassenweise an rechteckigen Tischen saßen. In der Mitte des Speisesaals stand der Lehrertisch. Es waren aber nur Lehrerinnen, die gemeinsam mit den Schülerinnen und der Haushaltsleiterin speisten. Die Lehrer hatten Familie und kamen von außen nur zum Unterricht, außer dem Musiklehrer, der mit seiner Frau und seinen Söhnen im zweiten Stock des Vorderflügels des »Schlosses« wohnte.

Die Gebäude der Schule hatten im Lauf der Zeiten verschiedene Bewohner gehabt, verschiedenen Zwecken gedient. Nun waren sie der Vorbereitung von jungen Mädchen zum Lehramt gewidmet.

Die Schülerinnen hatten auch gewisse »Dienste« im Haus zu leisten: Dem Tischdienst oblag das Tischdecken vor den Mahlzeiten und das Abräumen danach. Der Küchendienst half beim Abtrocknen und Aufräumen des Geschirrs. Auch die Lehrsäle wurden von den Schülerinnen ausgekehrt und die Möbel abgestaubt. Die Sauberhaltung der Arbeits- und Schlafräume oblag ganz der Verantwortung der Bewohnerinnen, während jede Einzelne für ihr Bett und ihren Schrank im Schrankraum sorgte. Aber immer wieder kam eine Lehrerin und schaute nach, ob auch die Betten ordentlich gemacht und die Schränke nach Vorschrift eingeräumt waren. Diese Regel stammte noch aus den Zeiten des »Tausendjährigen Reichs«, als die Schule in Markgröningen »Aufbauschule« gewesen war.

Diese Regelungen störten Marta nicht. Sie war diese Arbeiten gewohnt und verrichtete sie gern und zuverlässig. Doch mit ihren Mitschülerinnen und mit einigen Lehrern gab es Schwierigkeiten, die ihr das Leben verbitterten.

Der Biologielehrer, Dr. Gscheidle, war ein älterer Herr, der seine Schülerinnen für das Fach zu begeistern wusste. Der Unterricht bei ihm war abwechslungsreich. Oft führte er seine Schülerinnen hinaus an die Wegränder, auf die Steppenheide, ans Wasser, in den Wald. Dort beobachteten sie, was da kreuchte und fleuchte. Sie sammelten Blüten und Pflanzen, um sie im Biologieraum zu bestimmen, zu pressen, aufzukleben und die Namen dazuzuschreiben. Diese Arbeiten mussten natürlich verrichtet werden, ehe die Pflanzen verwelkten. Das bedeutete, dass die Beschäftigung damit in der Freizeit fortgesetzt werden musste.

Für Marta war das kein Problem. Ihr Großvater hatte ihr schon einen Teil der Pflanzen gezeigt. Nun bekamen sie alle einen Namen und eine ganz neue Bedeutung als »Bodenanzeiger«, als Heilpflanzen oder – nein, Unkräuter kannte Dr. Gscheidle nicht. Er erstaunte seine Schülerinnen mit der Feststellung, dass das, was sie als Unkräuter bezeichneten, die gesündesten, fruchtbarsten und natürlichsten Pflanzen seien. Er zeigte auf, dass der Mensch durch Auslese und Züchtung die Pflanzen verändert und sich nutzbar gemacht hatte.

Er führte die Mädchen ein in die Pflanzenbestimmungsbücher, die in der Bücherei vorhanden waren. Diese Bücher waren ja nicht durch den Nationalsozialismus infiziert worden wie Geschichtsbücher und andere. Deshalb konnten sie weiter benutzt werden. Dr. Gscheidle nannte sie »das Gebetbuch der Botaniker«, aber die Mädchen fanden sich lange nicht darin zurecht.

In den Sommerferien 1949 führte Dr. Gscheidle eine Exkursion am Dachsteingebirge. Dabei verunglückte er tödlich. Nach den Sommerferien kam Fräulein Glatzle als neue Biologielehrerin nach Markgröningen. Mit ihr kam Marta nicht zurecht. War es das Vermissen des väterlichen Lehrers, das die Lehrerin nicht ausgleichen konnte? Oder stimmte die Chemie zwischen Lehrerin und Schülerin einfach nicht? Wer weiß das mit Sicherheit zu sagen? Später erzählte mir Marta von dem entscheidenden Zusammenstoß mit Fräulein Glatzle: »In der Adventszeit hatten wir am Montagmorgen Biologie. Draußen war es noch nicht hell, als plötzlich das Licht ausging. Nun konnte die Lehrerin nicht mehr aus ihrem Buch vorlesen. ›Geht und holt eure Kerzen aus euren Arbeitszimmern‹, befahl sie. ›Wir schreiben eine Klassenarbeit.‹ Es war ja eigentlich verboten, dass am Montagmorgen Klassenarbeiten geschrieben wurden, außer sie waren nicht angesagt. Das war ja hier der Fall. Ich blieb sitzen und leistete stummen Widerstand, ebenso Hilde und Dorothee. Die beiden lachte sie an, bis sie weich wurden, aber zu mir flogen böse Worte. Als die Inge mit ihrer Kerze hereinkam, weinte ich und gab auf. Von da an versuchte Fräulein Glatzle, mich loszuwerden, egal, wie viele Referate ich hielt. Die Hanna sagte, die Glatzle sei rachsüchtig gewesen. Sie war meine erklärte Feindin und drückte mich, wo sie nur konnte. Sie gab mir immer schlechte Noten, obwohl ich das Biologiebuch von Lindner fast auswendig konnte. Ich glaube, sie hat mich zum Abitur mit ›mangelhaft‹ angemeldet.«

Mit dem Musiklehrer, Herrn Schäuble, gab es gleich am Anfang ein Missverständnis, das für die ganze Schulzeit entscheidend war. Er forderte sie mit einer Handbewegung auf, allein zu singen. Sie schüttelte den Kopf und blieb stumm, trotz mehrfacher Aufforderungen. Dass es ums Zeugnis ging, war Marta nicht klar. Vermutlich hatte sie gar nicht mitbekommen, dass auch die Mitschülerinnen allein sangen. Vielleicht ist ihr auch die Wahl des Liedes schwer gefallen, sodass sie deshalb stumm blieb. Der Musiklehrer ärgerte sich über die renitente Haltung des Mädchens und verpasste ihr eine Sechs im Zeugnis.

Vor dem Zeugnis gab es ausgedehnte »Zeugniskonferenzen« im Lehrerzimmer. Dem Vernehmen nach wurden alle Schülerinnen von allen Lehrern »durchgehechelt«. Dabei gewesen war zwar niemand, aber dem Verhalten der Lehrer gegenüber einzelnen Schülerinnen stimmte es. Immerhin zwei Lehrer, der Musiklehrer, Herr Schäuble, und die Lehrerin für Naturwissenschaften, Fräulein Glatzle, hatten ein übereinstimmendes Urteil fertig: Die Marta ist nicht kooperativ, eigensinnig, trotzig, sie taugt nicht in die Gemeinschaft. Taugt sie überhaupt als Lehrerin? Leider färbten diese Urteile auch auf den übrigen Lehrerkörper ab. Sie begegneten dem Mädchen mit Vorbehalt, und dadurch erkannten sie ihr eigentliches Wesen nicht.

Bei Mädchen ist in der Schule der Ehrgeiz besonders groß. Jede will die Beste sein, auch wenn bei der Erreichung dieses Ziels manchmal unlautere Mittel angewandt werden. So hatte in Martas Klasse die »Anleihe bei besseren Schülerinnen«, kurz das Abschreiben, großen Raum ergriffen. Eine Mitschülerin soll gesagt haben: »Ich will nicht abschreiben, aber ich habe keine andere Wahl, sonst falle ich durch!«

Marta war zwar auch ehrgeizig und wollte gute Noten haben. Aber ihre Mutter und andere Miterzieher, zum Beispiel die Altpietistische Gemeinschaft, in der sie schon lange verwurzelt war, hatten sie so stark geprägt, dass sie sich vor jedem Betrug scheute. Die Maxime »Stellt euch nicht dieser Welt gleich.« (Römer 12) war ihr tief eingeprägt worden.

»Ich fürchtete, in die Hölle zu kommen, wenn ich abschreibe«, sagte sie später. Zwar lieh sie bereitwillig ihr Heft aus, dass die Klassenkameradinnen sich daran orientieren konnten. Dabei war sie sich nicht bewusst, dass die Lehrerinnen ihr den Betrug ankreiden könnten, was sie auch taten. Die Englischlehrerin schrieb einmal unter eine schriftliche Arbeit: »Remarkably similar to another one!« (Auffallend ähnlich einer anderen Arbeit!) Martas Versicherung, sie habe die Aufgabe selber gemacht, wurde von der Lehrerin mit ungläubigem Achselzucken quittiert. Mit Bangen hatte sie die Lehrerin aufgesucht, um die Sache zu klären. Darum war ihr Verhalten wahrscheinlich so ängstlich und zögerlich gewesen, dass sie unglaubhaft wirkte.

Wenn sie nun die Klassenkameradin als die Abschreiberin genannt hätte, so wäre sie damit nicht nur als Verräterin vor der Klasse, sondern auch als Lügnerin vor der Lehrerin dagestanden. Deshalb schwieg sie lieber und ließ die Sache auf sich beruhen. Trotzdem wurmte diese Ungerechtigkeit das sensible Mädchen über Gebühr, sie wurde krank.

Die Internatsschule hatte ein Krankenzimmer, in dem leichtere Erkrankungen von der Hauswirtschaftsleiterin Helene Leitenberger behandelt wurden. Zu ihrer Ausbildung hatte auch ein Kurs in Krankenpflege gehört. Sie musste erkennen, wann ein Arzt zugezogen werden musste oder ob mit Fiebermitteln, Hustensäften, kalten oder warmen Abreibungen, Wickeln oder anderen Hausmitteln Linderung und Heilung der Beschwerden erreicht werden konnten. Martas Krankheit hatte sich als schwierig erwiesen, weil sie erst in zweiter Linie eine körperliche war.

Nach einiger Zeit bei ihrer Familie sollte sie nun wieder in ihren Schlafsaal zurückkehren. Als sie dort ankam, fand sie ihr Bett nicht mehr vor. Auch ihr Schrank im Gang stand nicht mehr dort. Verzweifelt ging sie zu Fräulein Leitenberger und fragte, wo denn ihre Sachen seien. Diese wusste es auch nicht. Sie kam am Abend mit Marta in den Schlafsaal, um die Sache zu klären.

Eine neue Schülerin, die Dorothee, war gekommen. Für sie war kein Platz mehr in den bisherigen Schlafsälen. Ein zeitweilig unbewohnter Raum im Oberen Torturm wurde wieder in Betrieb genommen. Wer mit der Dorothee in den Schlafsaal kommen sollte, war ausgelost worden. Siglinde zog das Los, wollte aber nicht aus dem bisherigen Schlafsaal gehen. Also benutzte sie die Abwesenheit Martas und schob ihr Bett hinaus. Dazu musste auch der Schrank verstellt werden. Das konnte sie sicher nicht ohne Hilfe bewerkstelligen, aber offenbar waren ihre Klassenkameradinnen so von ihr angetan, dass sie gerne halfen.

Fräulein Leitenberger stellte Siglinde zur Rede. Mit hängenden Schultern stand das Mädchen vor der Hauswirtschaftsleiterin. Bei dem Anblick überkam Marta so etwas wie Mitleid. Zugleich wurde ihr bewusst, dass die anderen Mädchen sie nicht mehr im Schlafsaal wollten. »Ich bleib da im Schlafsaal im Turm, wo jetzt mein Bett steht!«, entschloss sie sich rasch, und das erwies sich als eine gute Entscheidung. Marta und Dorothee wurden lebenslange Freundinnen.

Eines Abends, als Marta in den Schlafsaal kam, saß Dorothee weinend auf ihrem Bett. Eine Mitschülerin hatte ihr heimlich einen Untersetzer voll Wasser unter das Leintuch gestellt, und sie war unwissend hineingesessen. Nun war nicht nur ihr Nachthemd nass, sondern auch das Leintuch und die Matratze. Darauf konnte sie doch nicht schlafen! Die praktische Marta wusste Rat. Sie nahm die nasse mittlere Matratze, heraus und legte die beiden anderen der Länge nach auf den Bettrost. Sie füllten nicht mehr das ganze Bett aus, aber Dorothee konnte darauf schlafen. So fühlte »die Neue« sich angenommen, und Marta hatte eine Freundin gewonnen.

Im Internat lernt man sich intensiver kennen als in einer Tagesschule. Die Familien der Mitschülerinnen kommen nicht zu Besuch, ohne dass mindestens die Genossinnen im Arbeitsraum es mitkriegen. Manchmal kommt es auch vor, dass ein Vater die Mitbewohnerinnen zu einem Eis oder einem Kaffee mit Kuchen einlädt. Auch wenn keine Besuche kommen, erzählen die Mädchen gerne von ihren Angehörigen. So wusste Marta von den Berufen der Väter, und da sie ein gutes Gedächtnis hatte, war ihr immer gegenwärtig, wessen Vater Lehrer oder Pfarrer oder Arbeiter oder Bauer war. Bald stellte sie eine Übereinstimmung vom Beruf des Vaters und den Zeugnissen der Tochter fest. »Die Lehrertöchter und die Pfarrerstöchter hatten immer bessere Noten im Zeugnis«, meinte sie zu erkennen. Für eine Mitschülerin, die bei der Aufnahmeprüfung durchgefallen war, war der Papa, ein Gymnasiallehrer, ins Kultministerium nach Stuttgart gefahren. Dort hatte er erreicht, dass seine Tochter aufgenommen wurde in die Helene-Lange-Schule. »Für mich hat niemand einen Finger gerührt. Und wenn ich über Schwierigkeiten in Markgröningen klagte, dann sagte meine Mutter: ›Du hast dir das ausgesucht, deshalb darfst du dich nicht beklagen.‹«

Feiger Gedanken bängliches Schwanken,
weibisches Zagen, ängstliches Klagen
wendet kein Elend, macht dich nicht frei.

Allen Gewalten zum Trutz sich erhalten,
nimmer sich beugen, kräftig sich zeigen,
rufet die Arme der Götter herbei.

Eine Vertonung dieses Spruchs von Goethe sangen die Schülerinnen im Chor. Dabei erkannte der Musiklehrer, mehr zufällig, dass Marta musikalisch war. »Sie können ja singen!«, äußerte er erstaunt.

Ja, und sie lebte nach dem Spruch von Goethe und bestand nicht nur das Abitur, sondern zwei Jahre später die Erste Dienstprüfung in Esslingen. Nach der Zweiten Dienstprüfung setzte sie, neben ihrem Schuldienst, noch die Ergänzungsprüfung für Realschule und Gymnasium drauf. Darauf war sie stolz.

Die Arbeit an den weiterführenden Schulen aber war mit so vielen Schwierigkeiten verbunden, dass sie nach einigen Jahren zur Grund- und Hauptschule zurückkehrte. Dass sie dabei mit ihrer Besoldung ungünstiger wegkam, hatte sie wohl überlegt. »Geld macht nicht glücklich«, erwiderte sie einem Kritiker, der es nicht verstehen konnte, wie sie gutes Geld aufs Spiel setzen konnte.

Wie erging es nun der Zwillingsschwester zu Hause? Dass Marias Psyche nicht in Ordnung war, zeigte sich schon bald. Sie war als Kleinkind passiv und desinteressiert an ihren Mitmenschen. Einmal hatte die Mutter Wäsche aufgehängt. Die Kinder spielten im Gras, als zwei junge Burschen erschienen. Sie ergriffen den leeren Wäschekorb, setzten die kleine Maria hinein und taten, als ob sie das Kind wegtragen wollten. Entsetzt schrie das Zwillingsschwesterchen: »Mei Maia, mei Maia!« (Offenbar konnte sie den Namen noch gar nicht richtig aussprechen.) Lachend setzten die Burschen den Korb wieder auf den Boden, hoben die »Maia« heraus, setzten statt ihrer das Martale hinein und trugen sie ein Stück weit weg. Von der Maria kam keine Reaktion. Es schien, als ob es ihr ganz einerlei wäre, das Schwesterchen nicht mehr um sich zu haben.

Auch wenn später die Marta das Bedürfnis hatte, mit ihrer Schwester zu »schmusen«, stieß sie auf kalte Passivität. »Sie kann nicht küssen. Sie hat auch noch nie ein Kind auf den Arm genommen oder eine Katze gestreichelt. Sie ist eiskalt, frigide«, urteilte ihre Schwester. Marta hingegen empfand den zärtlichen Kuss einer alten Tante nicht nur als Liebkosung, sondern sogar als so etwas wie ein Weihegeschenk.

Im Alter von sechzehn Jahren gingen die beiden Schwestern in die Handelsschule. Der anerkannte Lehrer wurde krank und bekam einen Vertreter, der weniger erfahren, aber ziemlich von sich überzeugt war. Eines Tages rief er Maria an die Tafel. Sie sollte eine Algebra-Aufgabe lösen, die der Lehrer dort aufgeschrieben hatte. Eine Weile stand Maria davor und schaute die

Aufgabe an. Ungeduldig rief der Lehrer: »Geh an deinen Platz! Du bist dumm.« Nein, sie war nicht dumm. Sie konnte gut rechnen und war auch in den Fächern, Maschinenschreiben und Stenografie recht gut, aber in der Aufgabenstellung war ein Fehler, der sie unlösbar machte. Marta hat es später bedauert, dass sie ihre Schwester nicht verteidigt hat, aber offenbar war sie so schockiert, dass sie nicht auf die Beleidigung des Lehrers reagierte. Der Lehrer bemerkte seinen Fehler schließlich selbst, wischte das falsche Symbol mit Spucke und mit den Fingern aus und schrieb das richtige. Damit war die Aufgabe zu lösen. Aber dass er sich bei Maria entschuldigt hätte, das hätte ihm »einen Zacken aus seiner Krone gebrochen«.

Über die Herbstferien sollten die Handelsschüler einen Aufsatz schreiben. Marta hatte den ihren fertig, aber Maria machte sich nicht an die Arbeit. Nach den Ferien blieb sie einfach im Bett und ging nicht mehr in die Schule. Alle Überredungsversuche fruchteten nichts. Die Mutter fand, ab diesem Zeitpunkt sei ihre Erstgeborene »verrückt« gewesen. Nein, verrückt im eigentlichen Sinn war Maria nicht, aber in ihrem Gefühlsleben gestört und leicht zu verstören. Sie war intelligent, aber ihre Intelligenz half ihr nicht, seelische Verletzungen richtig einzuordnen und zu überwinden.

Die Handelsschule schloss sie nicht ab, konnte also keine Anstellung in einem Büro bekommen. Solange Marta in der Helene-Lange-Schule war, ging Maria in eine Fabrik unten im Filstal und verdiente einen Beitrag zur Ausbildung der Zwillingsschwester. Nachdem diese ihre Lehrerinnenausbildung abgeschlossen hatte und als Junglehrerin verdiente, bezahlte sie der Schwester einen Jahreskurs an der Handelsschule. Diesmal hielt sie durch und bekam ihr Diplom, mit dem sie nacheinander verschiedene Bürojobs bekam. Jedes Mal scheiterten die Beschäftigungen an der »Sturheit« Marias, mit der sie sich weigerte, Kundenkontakte aufzunehmen. Nur für Schreibarbeiten konnten ja das Steueramt, das Rathaus oder die Sparkasse auf dem Land keine Kraft beschäftigen und bezahlen, also wurde ihr immer wieder gekündigt.

Während ihrer Schreibarbeiten auf den verschiedenen Ämtern bereitete sie sich für das Abendgymnasium vor. Sie wollte mit ihrer Schwester gleichziehen und Abitur machen. Was dann ihre weiteren Ziele waren, gab sie nicht preis.

Die Verwandten stellten fest, dass Maria keinerlei Sinn für Ordnung, Sauberkeit und Schönheit hatte. Nicht nur ihr eigenes Zimmer war ständig voll mit allerlei Gerümpel, auch auf die gemeinschaftlich genutzten Räume verteilte sie Plastiktüten und gelesene und ungelesene Zeitungen. Ihr Schrank quoll über von frischen und ungewaschenen Kleidern. Sich selber pflegte sie nicht genügend. Zwar wusch und badete sie von Zeit zu Zeit, sodass sie nicht »müffelte«, aber darüber hinaus vernachlässigte sie ihren Körper. Tiere und Pflanzen spielten keine Rolle in ihrem Leben, während sie für Marta sehr wichtig waren. Noch im Alter, nach einem Schlaganfall, der ihre Sehkraft schädigte, sodass sie nicht mehr richtig sehen konnte, und auch ihre Bewegungsfreiheit sehr einschränkte, bemühte sie sich, den Garten ums Haus in Ordnung zu halten, ihre geliebten Katzen zu pflegen und auch den Meisen und den Spatzen im Winter ihr Futter zukommen zu lassen. Immer wieder räumte sie auch den Unrat ihrer Schwester auf, worauf diese entweder mit Nichtachtung oder aber mit wütendem Gekreische antwortete.

Schreien und »Grillen« (Kreischen) war das Mittel, womit Maria ihre Umgebung zu beeindrucken suchte. Es hatte aber zur Folge, dass sich die Menschen von ihr abwandten. Als sie dies bemerkte, versuchte sie, auch die Freunde Martas auf ihre Weise zu vergraulen. Sie ging sogar so weit, einer Freundin Martas einen Brief zu schreiben, in dem sie ihre Schwester bezichtigte, sie wolle von der Freundin nichts mehr wissen und breche hiermit die Freundschaft ab. Allerdings fragte die Freundin selbst nach, weil sie Maria nicht traute. So kam die Intrige ans Licht.

»Warum gibst du sie nicht in ein Heim, wenn sie so unausstehlich ist? Sie schadet dir doch sehr und nützt sich selbst auch nicht«, fragte ich einmal. – »Weißt du, sie ist meine Zwillingsschwester und hat jahrelang für mich in der Fabrik gearbeitet, damit ich Lehrerin werden konnte. Ich könnte sie nie in ein Heim geben, solange ich noch für sie sorgen kann.«

Allerdings war sie schon vor Jahren mehrmals in ein Heim in Zwiefalten eingewiesen worden. Wer diese Einweisungen veranlasst hat, wurde mir nicht bekannt. Jedes Mal wurde die Ärmste zwar verköstigt, aber nicht behandelt. Kein Arzt, kein Therapeut kümmerte sich um sie. Nachdem die Schwester die Vernachlässigung bemerkte, sorgte sie dafür, dass sie wieder entlassen wurde. Einmal hatte sie gerade Osterferien. Da mietete sie ein Zimmer am Ort, ging jeden Tag ins Heim und holte ihre Schwester heraus, um mit ihr spazieren zu gehen. Auch weitere Wanderungen machten die Zwillingsschwestern miteinander, soweit es das Wetter erlaubte. So konnte Maria zwei Wochen aushalten im Heim in Zwiefalten, aber einen Heimplatz zu bezahlen, ohne dass die Bewohnerin in den Genuss irgendeiner Therapie gekommen wäre, das konnten sich die Verwandten nicht leisten.

Die Mutter hatte Maria schon bald enterbt, sodass sie beim Tod der Mutter nur den Pflichtteil bekam. Möglicherweise war der Plan der Mutter, dass das Erbe nicht ausgegeben werden sollte, einerseits für nutzlose Therapien, andererseits für sinnlose Investitionen der Erbin. Gegen diese Verfügung lief Maria Sturm und zog gegen die Mutter, später gegen die Schwester vor Gericht. Doch verlor sie alle Prozesse.

Die Zwillingsschwestern leben nun in einem Haus, aber nicht »einmütig wie Geschwister«. Marta ist körperlich schwer angeschlagen durch einen Gehirnschlag, durch den sie teilweise das Augenlicht verloren hat. Auch das Gehen fällt ihr schwer. Im Haus, wo sie sich überall festhalten und stützen kann, geht sie ihrer Arbeit nach. Sie kocht, backt, putzt für sich und ihre Schwester. Das wird ihr sehr erschwert durch die Unordnung, der sie nie auf den Grund kommt. Die Gartenarbeit, einst ihre Lust und Freude, wird ihr zunehmend schwerer. Sie muss sich vor Stürzen hüten, aber im abschüssigen Gelände mit Mäuerchen und Steinstufen ist die Gefahr sehr groß. Die Kraft lässt mehr und mehr nach. Wie gut, dass sie in ihrem Bruder und seiner Familie eine zuverlässige

Hilfe findet. Immer wieder wird sie im Auto mitgenommen zum Einkaufen, zu Besuchen oder auf Feste. Diese Hilfe genießt sie sehr. Im Flecken geht sie mit ihrem Rollator. Der ist zuverlässiger als ein Stock, steht fest auf vier Rädern, nimmt im Körble Briefe, Lebensmittel und andere wichtige Sachen ohne Widerspruch mit und erlaubt ihr, sich auf dem Sitz auszuruhen, wenn sie müde ist. »Der, der diese ›Wägele‹ erfunden hat, verdient einen Preis«, ist die einhellige Meinung nicht nur der Behinderten, die dieses Fahrzeug brauchen, sondern auch Nichtbehinderter, die die Vorteile für ihre Zeitgenossen zu würdigen wissen.

Ihre allerbesten Freunde sind ihre Kater. Die sind zärtlich und danken ihr das Füttern, die Pflege und die Heimat. Zwar gehen sie nach Katzenart immer wieder ihrer eigenen Wege, sind aber zuverlässig zum Fressen wieder da.

Vor dem Winter hat sie einen Streuner ins Haus genommen und ihn mit gutem Futter an sich gewöhnt. Im Frühjahr, hat sie gehofft, werde sie ihn an eine freundliche Familie abgeben. Aber diese freundliche Familie hat sich nicht gefunden. Stattdessen kam eine Frau im Auftrag des Tierschutzes und nahm ihn mit zur Kastration. Diese Frau hat es Mühe gekostet, Marta von der Notwendigkeit dieser Maßnahme zu überzeugen. Der Gedanke, dass ihr »Baruch« (so hat sie ihn genannt) leiden müsse und danach kein »richtiger« Kater mehr sei, hat ihr schwer zu schaffen gemacht. Doch als das Tier dann wieder zu Hause war, gesund und zärtlicher noch als zuvor, da war sie der Frau dankbar, dass sie die Kastration durchgesetzt hatte.

So leben die Zwillingsschwestern Maria und Marta unter einem Dach, aber in immer wieder unterbrochenem Frieden, jede ihr eigenes Leben. Meine Bewunderung gilt der arbeitsamen Marta dafür, dass sie aus Dankbarkeit und Treue ihre Schwester erträgt.

Gott gebe ihr weiterhin Kraft und Geduld dazu!

Elsa Härle

Hundefreundin, Blumenliebhaberin, Freundin

Meine Vermieterin in Weiler zum Stein hatte ihr Haus verkauft und war weggezogen. Die neuen Hausbesitzer wollten umbauen und wären mich gerne sofort losgewesen. Doch hatte ich das Wohnrecht, bis ich eine neue Wohnung gefunden hatte. Zum Glück fand meine Freundin und Kollegin Ingeborg heraus, dass die Mieter bei ihrer Nachbarin Elsa sich ein neues Haus bauten und ausziehen wollten, sobald ihr Haus fertig war. Sie hatte schon mit Elsa gesprochen. Daraufhin lud mich Frau Elsa Härle zu Kaffee und Erdbeerkuchen ein. Die Mieter, ein Ehepaar mit Kind, zeigten mir die helle, sonnige Wohnung im Dachgeschoss, zwei Zimmer, Küche und Bad sowie ein kleiner Abstellraum. Ein Balkon gegen Südwesten mit einem wunderbaren Ausblick auf die gegenüberliegenden Wälder und ins Zipfelbachtal war vom Esszimmer aus zugänglich. Dazu kam noch Platz für die Waschmaschine im Untergeschoss und ein Räumlein für Kartoffeln und Eingemachtes im Keller. Was wollte ich denn mehr? Der weitere Weg zur Schule fiel nicht ins Gewicht, ich hatte ja mein Auto. Auch von Weiler zum Stein aus hatte ich das Auto gebraucht, konnte allerdings die zwei Kilometer leicht zu Fuß zurücklegen. In der warmen Jahreszeit nahm ich oft den Weg unter die Füße. Damit hatte auch meine Hündin Welda ihren Morgenspaziergang. Welda blieb in einem kleinen Raum unter den Klassenzimmern der Grundschule. Dort legte ich ihr eine weiche Decke auf den Boden und stellte ein Schüssele mit Wasser daneben. Das würde auch so bleiben, wenn wir in Breuningsweiler wohnten. Mein Auto würde seinen Platz in der großen Scheuer finden, in der der benachbarte Maler auch seine Leitern und andere Geräte lagerte.

Elsas Garten

Hinter dem Haus war ein riesiger Garten. Der hatte einen sehr schweren, lehmigen Mergelboden, lag den ganzen Tag in der Sonne, solange sie schien, und war demgemäß sehr trocken. Es war richtiger »Wengertsboden«, »hitzig«, schwer zu bearbeiten, aber fruchtbar, wenn er tiefgründig bearbeitet wurde. Elsa hatte den größten Teil mit roten und schwarzen Johannisbeeren bepflanzt. Auf einem kleineren Teil pflanzte sie Gemüse, Erdbeeren und viele bunte Blumen. Sie hatte eine große Freude an den Blumen und ein Geschick für die Zusammenstellung der Sträuße. Niemand band schönere, buntere Sträuße als sie.

Mit ihren Christrosen beglückte sie zur Weihnachtszeit nicht nur die Nachbarschaft, sondern auch die Mesnerin, Frau Schedler. Die bekam einen großen Strauß für den Taufstein oder den Altar in der Kirche. Da die kleine Küche neben dem Gottesdienstraum sehr kühl war, so hielten sich Elsas Christrosen die ganze Festzeit und erfreuten die ganze Gemeinde.

Unter den Träublesbüschen und den Pflaumenbäumen neben dem Stäffele wuchs im zeitigen Frühjahr, kaum dass der Schnee geschmolzen war, Ackersalat (Rapunzel) in üppiger Fülle. Elsa schnitt die Pflänzchen an der Wurzel ab, brachte sie in die warme Küche und fing an, den Salat zu lesen. Sie schnitt die erfrorenen, welken Blättlein so ab, dass die einzelnen Pflänzlein zusammenblieben. Befanden sich junge Löwenzahnpflänzlein darunter, so wurden sie behandelt wie die Ackersalatpflänzlein – Elsa nannte sie auch »Schafszähne«. Dann wusch sie den Salat und ließ ihn in einem Sieb abtropfen. Abnehmer für den frühen Vitaminspender fanden sich sowohl im Café Käfer nebenan als auch bei Nachbarn. Einen Teil verschenkte sie, aber der Gastwirt bezahlte gut dafür.

Im Mai, wenn der Ackersalat seine Samen ausgesät hatte für die Ernte im nächsten Frühjahr, drängten sich unter den Bäumen grüne Spitzen aus dem Moos. »Das ist grüner Spargel. Mein Mann hat einmal Spargel pflanzen wollen, aber das ist nichts geworden. Der Boden ist einfach nicht dafür geeignet. Aber der grüne Spargel kommt immer wieder. Da, versuch mal.« Sie brach einen grünen Stängel ab und gab ihn mir. Ich schob das obere Ende in den Mund und kaute. Es schmeckte süßlich und frisch, ähnlich wie »Gockelgaich«, die frischen Blätter und Triebe des Wiesenbocksbarts, die wir als Kinder von den Wiesen gepflückt und gegessen hatten. Als Zusatz zum Salat war der grüne Spargel ausreichend, aber für ein Spargelgemüse wuchs nicht genug in Elsas Garten.

Ringelblumen (Calendula) blühten in üppiger Fülle im Elsas Garten. Sie säten sich selber aus, genauso wie der Ackersalat. Deshalb strahlten ihre kleinen Sonnen überall zerstreut im Garten. Wenn genügend Blüten aufgegangen waren, ging Elsa ins »Häusle« und holte sich eine große Dose Melkfett. »So, willst wieder Ringelblumensalbe machen?«, fragte der Mann, der zweimal in der Woche im Häusle Düngemittel, Sämereien, Gartengeräte und andere Dinge für die Landwirtschaft verkaufte. Das Häusle war ein kleiner Holzschuppen, der mit all diesen Dingen so vollgestopft war, dass gerade noch Platz war für den Tisch mit der Kasse und für die Kunden. Trotzdem war alles übersichtlich angeordnet, und der Verkäufer fand das Gewünschte auf den ersten Griff.

Zu Hause legte Elsa die ausgezupften Blütenblätter in einen großen Topf, gab das Melkfett dazu und erhitzte das Ganze langsam. Wenn die Masse zu köcheln anfing, stellte sie den Topf auf die Veranda und deckte ihn zu. So blieb er bis zum nächsten Tag stehen. Dann wurde er nochmals auf den Herd gestellt und die Masse wieder zum Kochen gebracht. Währenddessen legte Elsa ein »Seihtüchle« (poröses Tuch) in ein Sieb, das sie über eine Schüssel hängte. Nun schüttete sie das heiße Gemisch auf das Tuch und presste mit einem Kochlöffel das flüssige Melkfett in die Schüssel. Es sah nun goldgelb aus. Ehe es erstarrte, goss sie es in kleine Salbenhäfele, die sie das ganze Jahr über gesammelt hatte. Die Zubereitung der Ringelblumensalbe war zwar umständlich, aber Elsa machte sich Freunde mit ihrer Heilsalbe. »Die Marta

Hampp hat mich wieder nach der Salbe gefragt. Sie hat einen offenen Fuß, und der heilt recht gut mit meiner Salbe.« So kochte sie diese Salbe mehrmals, solange Ringelblumen im Garten blühten. Für die blütenlose Zeit legte sie einen Vorrat an, sodass sie immer wieder davon verschenken konnte. Aus diesem Vorrat behandelte sie auch Schrunden, die an den Händen besonders bei kaltem Wetter sehr schmerzhaft auftreten.

Die arbeitsreichste Zeit war natürlich im Sommer und im Herbst. Die Gartenerdbeeren, die »Breschtleng«, im Garten und auf den Äckern, waren reif und süß. Bald nach dem Zweiten Weltkrieg hatten die Bauern große Flächen mit Erdbeerpflanzen angelegt und ernteten die köstlichen Früchte zentnerweise. Aus diesem Grund wurde Breuningsweiler scherzweise »Breschtlengsweiler« genannt. Inzwischen aber waren die Märkte der Stadt gesättigt von den frühen Früchten. Da die Pflanzen alle paar Jahre neu gepflanzt werden müssen, hatten die Bauern statt der Breschtleng Getreide, Klee oder Futterrüben gesät. Viele Äcker waren auch wieder Wiesen geworden, nachdem der Viehbestand im Ort abgenommen hatte. Das Gras wurde einfach abgemäht und liegen gelassen.

Elsa hatte nur in einem kleinen Teil des Gartens Erdbeeren. In kühlen, feuchten Jahrgängen gerieten sie am sonnigen Hang wunderbar, in trockenen Jahren verdorrten sie bald an dem sonnigen Abhang. Doch erntete sie immer noch genug, um ihren eigenen Bedarf einzukochen und ihren Gästen Breschtlengskuchen aufzutischen.

Die Ernteäpfel, die schon Ende August reiften, mussten sehr schnell verbraucht werden. Sobald sie weich waren, wurden sie auch schon faulig. Am besten aß man sie roh oder kochte Apfelbrei daraus. Die Mirabellen vor dem Haus und die frühen Pflaumen im Hühnergarten wurden geschüttelt und aufgelesen. Die Mirabellen kamen in einen großen Behälter und fingen an zu gären. Im Winter ließ Elsa den berühmten Mirabellenschnaps brennen. Die frühen Zwetschgen wurden frisch vom Baum gegessen. Nur musste man viele davon den Hennen überlassen. Sobald eine vom Baum gefallen war, stürzten sie sich darauf und pickten daran herum.

Von den Träuble, den Johannisbeeren, wird später noch ausführlich die Rede sein. Hier nur so viel: Ein paar Wochen ehe sie reif waren, merkte man Elsa an, dass sie sich Sorgen machte. Sie war ja nicht mehr die Jüngste und brauchte zur Träublesernte Hilfskräfte. Zudem plagte sie die Sorge, ob und wo sie die ganze Ernte verkaufen konnte. Ihre Schwester aus Hanweiler kam und half beim »Träublewegdoa«. Auch Leute aus dem Ort kamen hin und wieder, um ihren eigenen Bedarf selbst zu pflücken. Doch Elsa litt sichtlich unter der Unsicherheit und dem erwarteten Arbeitsaufwand.

Ja, der Garten von Elsa Härle war ein richtiges Paradies, in dem wachsen durfte, was wollte und konnte, auf dem aber auch der Fluch Gottes für den Adam lag: »Im Schweiß deines Angesichts sollst du dein Brot essen«.

All diese Aussichten, Erkenntnisse und Einsichten gewann ich nur nach und nach. Im Moment standen wir ganz am Anfang unserer Beziehung. Noch nicht einmal der Mietvertrag war unterschrieben.

Dass ich in dieses Paradies integriert werden konnte, hatte ich vorwiegend meiner Welda zu verdanken. Weil ich die Dackelhündin hatte, bekam ich die Wohnung. Elsa hatte, nachdem ihr Mann gestorben war und sie ganz allein im Haus wohnte, ein kleines Kurzhaardackele bekommen. Das war, noch gar nicht sehr alt, vor einiger Zeit gestorben. Elsa trauerte sehr um ihre Wallie. Nun konnte meine Welda ihr einen kleinen Ersatz bieten für die Gestorbene, ohne dass sie jedoch auch die Verantwortung dafür tragen musste.

Wir kamen überein, dass ich die Wohnung bekommen solle. Elsa ließ einen Mietvertrag aufsetzen, und ich unterschrieb mit Vergnügen.

Es dauerte aber noch eine ganze Weile, bis das Haus der Vormieter fertig war und ich einziehen konnte. Allmählich brachte ich Bücher und andere entbehrliche Sachen nach Breuningsweiler und lagerte sie im Untergeschoss. Elsa gab mir auch einen Schlüssel zum Haus, denn sie war sehr oft auf ihrem Äckerle vor dem Ort. Dort baute sie Himbeeren, Gemüse und Kartoffeln an, auch ein wenig Getreide für ihre Hühner.

Als die Mieter ausgezogen waren, ging ich daran, die Wohnung für meine Bedürfnisse und nach meinem Geschmack einzurichten. In den Zimmern und in der Küche löste ich die Tapeten ab. Den Sisalteppich in der Küche nahm ich heraus, denn er war stark verschmutzt von Speiseresten und rotem Saft. Elsa, die Sparsame, sah zwar nicht ein, dass ich den Teppich wegwarf. Aber mein Argument, dass ich für Welda einen glatten, leicht zu reinigenden Boden brauchte, überzeugte sie dann doch. Der Maler tünchte die Decke in freundlichem Lichtgelb und tapezierte die Räume mit hellen, kleingemusterten Tapeten.

In den Herbstferien 1986 konnten wir dann umziehen. Da ich bei meinen Vorbereitungsarbeiten Welda immer mitgenommen hatte, war es für sie kein Problem, sich einzuleben. Mit Elsa hatte sie schon Freundschaft geschlossen. Die wusste nicht, was sie der zierlichen Zwergdackelhündin Gutes tun konnte. Immer wieder musste ich den zahllosen Leckereien Einhalt gebieten. »Sie ist ja so schön schlank, und so soll sie auch bleiben. Übergewicht verkürzt ja das Leben der Hunde. Die kleinen kurzbeinigen Dackele schleifen bald den Bauch auf dem Boden, können nicht mehr schnell laufen, und das Herz macht schließlich nicht mehr mit.« Damit hatte ich den entscheidenden Punkt getroffen. Aus lauter Liebe hatte Elsa ihre Wallie überfüttert, und da sie selbst nicht mehr zügig mit dem Tierchen spazieren gehen konnte, so hatte Wallie die reichliche Nahrung auch nicht abarbeiten können. Als ich ihr das klargemacht hatte, fiel es Elsa leichter, mit ihren Leckerlis zurückhaltender zu sein.

Im April 1987 warf Welda vier Welpen, drei Rüden und eine Hündin. Immer wieder kam Elsa herauf in die Wohnung und schaute sich die Kleinen an. Welche Freude war es für sie, wenn ich ihr eins der Kleinen in die Hände gab. Zärtlich und sacht berührte sie das kleine Körperchen mit ihrer Wange. Selber herausnehmen oder wieder ablegen traute sie sich nicht. Es stellte sich heraus, dass das kleine Dackelmädchen ein verkrüppeltes linkes Vorderbeinchen hatte: Der untere Teil, vergleichsweise die Handwurzel, war nur einfach ausgebildet und verkürzt. Das Pfötchen hatte nur ein »Fingerchen« mit einer kleinen, weichen Kralle dran. Als die Dona auf die Füßchen kam, reichte das verkrüppelte Füßchen nicht auf den Boden. Die Kleine war aber willens, sich auf vier Pfoten fortzubewegen, so verletzte sie immer wieder das ungeschützte Pfötchen. Verband ich es, so konnte sie die Binde nicht ertragen und biss sie wütend ab. Mein Schwager, Orthopädieschuhmacher, bastelte ihr ein kleines Lederschühlein, das nicht nur das Pfötchen schützte, sondern auch den Bodenabstand ausglich. Ich nähte ein ärmelloses Jäckchen und befestigte das Schühlein daran. Das Jäckle wurde auf dem Rücken geschlossen, sodass sie mit den Zähnen nicht herankam. Es dauerte eine Weile, bis sich Dona daran gewöhnt hatte. Ging sie hinter mir her, hörte ich ein regelmäßiges »Tapp tapp«, wenn sie mit dem Schühlein auf den Boden kam. Die drei anderen Pfötchen gaben beim Auftreten keinen Laut von sich. Als dieses »Tapp tapp« nicht mehr zu hören war, zog ich ihr das Jäckle nicht mehr an, und wirklich, die Verletzungsgefahr war nicht mehr gegeben. Nun fühlte sich Dona so frei und entwickelte beim Laufen eine Geschwindigkeit, die der ihrer Mutter in nichts nachstand.

Ihre Brüder hatten andere Herrchen und Frauchen gefunden, aber die Dona blieb bei uns. Sie wurde ganz und gar Elsas Begleiterin, und mit Freude und Stolz gingen die beiden miteinander durchs Dorf, ungeachtet der mitleidigen Blicke und abfälligen Bemerkungen mancher unverständiger Leute. »Warum hat man denn das Tierle überhaupt aufgezogen?« – »So ein Krüppele gehört doch gleich beseitigt!« Der Meinung war aber die Elsa ganz und gar nicht. Sie war glücklich mit ihrem »Krüppele«.

Was mochte wohl die Ursache für diese Verkrüppelung sein? Diese Frage stellte ich mir immer wieder. Beim »Dackelclub« fragte ich nach und nannte auch meinen Verdacht. Im April zuvor war der Kernreaktor in Tschernobyl explodiert und hatte fast ganz Europa radioaktiv verseucht. Auf den Feldern blieben die Johannisbeeren an den Sträuchern hängen, Salat und Gemüse wurden nicht geerntet, obwohl sie wunderschön geraten waren. Die Pilzsucher gingen nicht mit Körben und Messern in die Wälder, weil gerade die Pilze besonders radioaktiv geladen seien, wie die Medien berichteten. Wie sollte dann ein kleines Hündchen wie Welda, das auf seinen kurzen Beinchen so nahe am Boden war und außerdem mit seinem Näschen dauernd auf und in der Erde stöberte, ganz ohne schädliche Strahlung davonkommen? Von den Ärzten des Teckelclubs wurde diese Vermutung entschieden zurückgewiesen. Einen plausiblen Grund für Donas Verkrüppelung konnten sie allerdings auch nicht nennen. Doch Dona war das einzige »Krüppele« unter Weldas Nachkommen. Deshalb schloss ich, dass nicht Radioaktivität die Ursache sein konnte für die Verkrüppelung.

Die Hunde hatten ein wunderschönes Revier. Am Morgen ließ ich sie zur Hintertür hinaus. Dann rannten sie durch den Garten den Berg hinab, jagten mal einem Hasen nach oder scheuchten eine Katze auf, die am frühen Morgen auf Mäusefang war. Der Garten war ihr Eigentum, stand unter ihrem Schutz. Keine Katze wurde hier geduldet. Dabei hegten sie keine Feindschaft gegen die Katzen. Es war nur so lustig, ihnen nachzulaufen. Das gehörte zum Frühsport. Und Elsa war froh, dass die Katzen verjagt wurden. Sie verscharrten so gern ihren Kot in Elsas frisch gelockerter Erde, und wenn sie dann etwas säen oder ernten wollte, griff sie unversehens in die stinkende Masse.

Am Nachmittag machten wir ausgedehnte Spaziergänge nach allen Richtungen, auf denen uns sonntags Elsa und manchmal auch Ingeborg begleiteten. Wie viele schöne Schneewanderungen auf unberührten Wegen, unter weiß bezuckerten Waldbäumen führten uns rund um Breuningsweiler und menschlich immer näher zusammen. Am Ende dieser Wanderungen lud Elsa uns in ihre Küche ein. Sie wohnte, nach alter Sitte, nur in Küche und Schlafzimmer. Beide Räume hatten große Fenster nach Süden mit Blick auf den gegenüberliegenden Wald. Unter dem Fenster in der Küche stand eine Eckbank, mit bunten Wolldecken belegt. Um den rechteckigen Tisch hatten viele Gäste Platz, wenn noch ein paar Stühle dazugestellt wurden. Die »Gute Stube« wurde nie geheizt, während die Küche nicht nur von der Zentralheizung, sondern auch vom Herd wohlig erwärmt wurde.

Zu unserem Nachmittagstee brühte ich den Tee auf, Inge brachte den Kuchen mit, und Elsa stellte das Geschirr, die Milch und den Zucker zur Verfügung. Sie selber litt an Diabetes, brauchte also keinen Zucker. Doch süßen Kuchen verschmähte sie nicht. Bei diesen gemütlichen Teestunden, die sich oft bis weit in den Abend ausdehnten, erzählte sie uns aus ihrem Leben.

Geboren war Elsa unten im Zipfelbachtal am 29. September 1914. Sie hatte vier Schwestern und zwei Brüder. Ob sonst noch Geschwister geboren wurden, die gestorben waren, davon war nicht die Rede.

Kurz nach Elsas Geburt musste der Vater einrücken. Ihre Mutter hatte ihr erzählt, dass der Vater an ihrem Bettlein gestanden, das Kindlein traurig angeschaut und gesagt hatte: »Du arms Würmle, musst ohne Vater aufwachsen!«

Doch mehr noch als das Kindlein wäre die Mutter zu bedauern gewesen. Ihr fehlte nicht nur der Ehepartner, der Versorger, sie musste mit dem Häuflein Kinder, der Arbeit im Stall, auf den Äckern und in den Weinbergen allein fertig werden.

Die Elsa war jetzt ordentlich auf den Beinen. Munter stapfte sie hinter der Mutter her, die in den steilen Weinbergen die eben austreibenden Reben mit Weidenbändern anband. Die Arbeit drängte, so achtete die Mutter nicht weiter auf das Kind. Das hatte seinen Weg in den Weinberg eines Nachbarn gefunden und angefangen, alle die schönen grünen Triebe von den säuberlich aufgebundenen Reben abzubrechen. Hier zeigte sich schon der Fleiß und die Gründlichkeit, aber auch die Freude an frischem Grün, die die Erwachsene beseelte. Erst als die Mutter das Kind zum Heimgehen rief, entdeckte sie, dass beim Nachbarn ein gutes Stück Wengert von allen grünen Trieben befreit war. »Um Gottes willen, Kind, was hast du bloß gemacht!«, jammerte sie. Doch geschehen war geschehen. Dieser Teil des Wengerts würde dieses Jahr keine Trauben tragen.

Einige Tage später kam der Büttel (Gemeindediener, Amtsbote): »Du sollst aufs Rathaus kommen, hat der Schultes gesagt«, richtete er der Mutter aus. Ein Schrecken fuhr der armen Frau durch alle Glieder. »Hoffentlich ist nichts mit eurem Vater!«, sagte sie zu den erschrockenen Kindern. Doch der Schultes beruhigte sie in der Hinsicht: »Nein, von deinem Mann weiß ich nichts, aber deine Kleine hat im Wengert von eurem Nachbarn einen Flurschaden angerichtet, und er will fünf Mark dafür. Und das ist noch gnädig, wenn du bedenkst, dass es in dem ganzen Gaiern (abgegrenzter Teil im Weinberg) keine Trauben geben wird.« Doch für die Mutter waren fünf Mark viel Geld, das sie sauer verdienen musste. Verbittert zahlte sie und trug es dem Nachbarn lange nach.

Der Krieg ging zu Ende, der Vater kam unversehrt wieder nach Hause. Die Kinder wuchsen heran. Es wurden wohl noch einige Kinder geboren, bis 1920 die jüngste Schwester, die Helene, dazukam. Die Eltern achteten darauf, dass ihre Kinder arbeitsam und ehrlich erzogen wurden. »Schaffen haben wir gelernt, da wurde uns nichts geschenkt.«

Zwei Schwestern wanderten mit ihren Partnern nach Amerika aus. Im Zweiten Weltkrieg fiel der ältere Bruder. Die ältere Schwester verheiratete sich nach Endersbach, die Jüngste wohnte nach ihrer Heirat in Hanweiler im Zipfelbachtal. Der zweite Bruder hatte sich ein schweres Motorrad angeschafft. Wie es geschah, dass er damit einen Unfall hatte, ob Elsa es wusste? Jedenfalls hat sie es uns nicht preisgegeben.

Die Mutter starb. Auch darüber wurde nicht gesprochen. Der Vater wurde pflegebedürftig. »Ein Fuß ist ganz schwarz geworden vom Rauchen und hat ihm abgenommen werden müssen«, erzählte Elsa. Zu dem Zeitpunkt, als sie das erzählte, musste sie selbst starke Medikamente gegen Diabetes einnehmen. Der Arzt erwog, sie müsse sich spritzen lassen, weil die Zuckerwerte immer so hoch seien. Es kam aber nicht so weit.

»Wenn deinem Vater ein Fuß abgenommen werden musste, ist nicht gesagt, dass das vom Rauchen gekommen ist. Was, wenn er so stark an der Zuckerkrankheit gelitten hat, dass davon sein Bein abgestorben ist? Ich glaube nicht, dass er so viel Geld für Tabakwaren ausgegeben hat, dass es zum Absterben des Fußes gekommen ist«, meinte Inge. Elsa überlegte, und man konnte sehen, dass ihr das in Bezug auf ihren Vater ein Trost war. Was sie selber betraf, so bedeutete es eine Mahnung, die ererbte Krankheit nicht zu vernachlässigen.

So war Elsa also zur Altenpflegerin ihres Vaters geworden. Im Übrigen half sie da und dort in Winnender Familien aus, wusch Wäsche, bestellte im Frühjahr Gärten, half beim Putzen und buk für Feste. Sie war überall gern gesehen und beliebt und nie arbeitslos, auch nicht, als der Vater gestorben war.

Herr Härle

In Breuningsweiler droben, über den Weinbergen, hatte Herr Härle sein Haus mit Stall, Scheuer und Heu- und Kornbühne. Er war Witwer. Sein Sohn war im Krieg geblieben, seine Tochter in jungen Jahren gestorben. Woran sie gestorben war, wusste Elsa nicht zu sagen.

Nun lebte Herr Härle allein in seinem großen Haus. Nein, ganz allein war er nicht. Nachdem die Kinder nicht mehr lebten, hatte er den oberen Stock vermietet. Doch drängte er eisern darauf, dass er von seinen Mietern in keiner Weise gestört wurde. Der junge Sohn der Mieter schlich sich nur auf Zehenspitzen die Treppe hinauf, wenn er wusste, dass der Hausherr da war. Freunde durfte er nicht einladen. So ging er lieber dahin, wo er willkommen war. Ob diese Haltung dem jungen Burschen gegenüber mit dem Verlust des eigenen Sohnes zusammenhing, wer weiß es? Herr Härle selber wird wohl kaum darüber nachgedacht haben. Viel weniger hat er mit seiner Frau Elsa darüber gesprochen.

Als Friedrich Härle die Elsa heiratete, waren beide schon älter. Beiden ging es nicht um Liebe, eher um Versorgtsein. Erst nach und nach erkannte Elsa die Naturverbundenheit, aber auch die raue, herrschige Seite ihres Mannes. Oft habe er sie auf Spaziergängen auf Pilze und Heilpflanzen aufmerksam gemacht, habe ihr seine verpachteten Grundstücke gezeigt – die bewirtschafteten kannte sie ja schon. Ja, der Friedrich Härle war nicht arm und zeigte seiner Frau seinen Reichtum mit Stolz.

Eines Abends wusch Elsa in der Waschküche. Bei Tag hatte sie keine Zeit zum Waschen, und eine Waschmaschine hatte sie auch nicht. So standen die Züber und Gölten (zweihenklige Gefäße für Flüssigkeiten) mit Waschlauge und Schwenkwasser auf dem nassen, schlüpfrigen Boden herum. Oben an der Haustür läutete die Glocke. Elsa konnte sie natürlich nicht hören.

Ihr Mann öffnete die Tür und sah einen Mann draußen stehen, der ihm eine Rechnung vor die Augen hielt. Die müsse Herr Härle gleich bezahlen. Kurz schaute Herr Härle auf die Rechnung und erkannte die Richtigkeit. Ärgerlich über die Störung rief er »Elsa, komm, muscht a Rechneng zahla!« Die Stimme klang so laut und ärgerlich, dass Elsa sich beeilte, der Aufforderung nachzukommen. Sie rutschte auf dem nassen Boden aus und fiel so unglücklich mit dem Gesicht auf die Kante einer Gölte, dass sie sich eine ganze Reihe Zähne ausschlug. Mit blutendem Mund und schmerzverzerrtem Gesicht trat sie dem Geldeinzieher entgegen. Ihr Mann hatte ihr noch nicht ins Gesicht geschaut. Es herrschte sie an: »Mach schon, hol den Geldbeutel und bezahl die Rechnung!« – »Er hat doch den Geldbeutel gehabt und hätte das Geld schon längst bezahlen können. Aber nein, er hat mich aus der Wäschküche raufholen müssen. Ich bin ja nichts als seine Dienstmagd gewesen«, sagte sie verbittert.

Der Friedrich Härle war längst gestorben und auf dem Friedhof in Breuningsweiler beigesetzt worden. Elsa bepflanzte getreulich sein Grab und auch das seiner ersten Frau. Mit dem Erbe des Hauses und Gartens hatte sie auch die Grabpflege übernommen. Es war ihr Ehrensache, dass die Gräber immer schön angepflanzt waren, sodass auch die anderen Friedhofsbesucher ihre Freude daran hatten.

Ein anderer älterer Dorfbewohner hatte ihr, der fleißigen, umsichtigen Witwe, einen Heiratsantrag gemacht. Sie aber hatte abgelehnt. »Einmal verheiratet gewesen zu sein langt mir, ein zweites Mal tu ich mir das nicht an!«, meinte sie.

Mit dem Geld, das ihr Mann ihr hinterlassen hatte, ließ sie in jedem Stock auf der Südseite eine Veranda anbauen. Im Erdgeschoss ergab der Grundstock dieser Veranden ein kleines sonniges Kämmerchen. Dort stellte sie die alte Badewanne auf und verkleidete sie mit Holz, sodass sie wie ein riesiger weißer Schrank aussah. Stattdessen ließ sie neben ihrer Küche und auch im Dachgeschoss Badezimmer einrichten. Nun war die obere Wohnung fertig zum Vermieten, auch an junge Leute, die an eine Wohnung größere Ansprüche stellen.

Auf ihre Veranda stellte sie ein Tischchen und zwei Stühle. Dort saß sie oft zum Gemüseputzen, zum Nähen oder Stricken oder nur zum Ausruhen und Plaudern. Dort hatte sie mich bei unserem Vorstellungsgespräch mit Kaffee und Kuchen bewirtet. Von dort erfreute sie sich im Frühling am Anblick des grünenden Waldes gegenüber und im Herbst an den munteren Lesern und Leserinnen, die unter ihr in den Weinbergen die Trauben abschnitten. Von dort schaute sie hinunter ins Zipfelbachtal. Ihr Elternhaus konnte sie nicht sehen, aber der Friedhof und die Kirche von Hanweiler grüßten herauf. Sie überblickte ihren Garten und entdeckte eines Morgens ein Reh, das sich an ihrem Salat gütlich tat. Das allerdings konnte sie ihm nicht erlauben. Darum forderte sie die Dackele an, die das Reh auch erfolgreich verjagten.

Die Kühe waren längst abgeschafft. Im ehemaligen Stall bewahrte sie das Brennholz auf, mit dem sie ihren Küchenherd heizte. Zwar war im ganzen Haus Zentralheizung eingerichtet, aber in Elsas Wohnung wurde sie nur eingeschaltet, wenn es draußen eiskalt war. Der Herd, der in der kalten Jahreszeit immer befeuert war, gab eine angenehme Wärme ab. Außerdem war immer warmes Wasser zur Hand, abgesehen davon, dass Elsa ihr

Essen auf dem Herd kochte. Für die warme Jahreszeit hatte sie einen kleinen Elektroherd.

Die Scheuer war an den Maler Andrä vermietet, der seine großen Leitern und andere Geräte hier aufbewahrte. Auch für mein Auto war noch Platz. Wenn Herr Andrä etwas von seinen Geräten brauchte, sagte er mir Bescheid, sodass ich das Auto herausstellen konnte. Es war ein freundliches, nachbarschaftliches Miteinander.

Feste feiern

Ende September wurde der Geburtstag von Elsa immer festlich begangen. Ihre Verwandten aus Hanweiler und Freunde aus Winnenden kamen uneingeladen und brachten Blumen und andere Geschenke mit. Inge und ich waren auch dabei und saßen dicht gedrängt mit den anderen Gästen in der Küche um den Tisch. Muntere Gespräche begleiteten das Kaffeetrinken. Wenn mehr Gäste da waren, als die Küche fassen konnte, wurden einige auf der Veranda mit Kaffee und Kuchen versorgt. Zum Glück war meist schönes herbstliches Wetter. Aber selbst wenn es regnerisch war, bot die vorspringende obere Veranda Schutz vor der Nässe.

Der Pfarrer der evangelischen Kirchengemeinde Buoch/Breuningsweiler, in den ersten Jahren Herr Bausch, später Herr Stanke, kam regelmäßig zum Gratulieren. Herr Bausch war stets in Eile und ließ sich nicht zum Kaffee einladen. Herr Stanke nahm eine Einladung sehr gerne an und beteiligte sich an den Gesprächen. Auf diese Weise erfuhr er vermutlich vieles, was er beim Gespräch unter vier Augen nicht erfahren hätte. Außerdem genoss er sichtlich den angebotenen Kuchen und den guten Kaffee.

Ein regelmäßiges Fest war unser Badetag in Bad Ditzenbach. In der ersten Zeit hatten Inge und ich nur jeden zweiten Samstag schulfrei. So fuhren wir zuerst jeden zweiten Samstag, später jede

Woche ins Thermalbad. Die Hunde kamen natürlich mit. Es wäre nicht gut gewesen, wenn sie allein zu Hause geblieben wären. Frau Rauscher, die in derselben Straße wohnte, fragte an, ob sie auch mitkommen dürfe. Damit war mein Auto voll. Die Hunde saßen entweder auf Elsas und Frau Rauschers Schoß oder hinten auf der Hutablage. Das verbot ich ihnen aber bald. Wenn ich einmal stark bremsen müsste, würden sie entweder durch die Rückscheibe oder durch den Fahrgastraum fliegen. Dabei könnten sie nicht nur sich selbst, sondern auch uns verletzen. Von der Anschnallpflicht für Hunde wusste man damals noch nichts. Aber auf dem Schoß von Elsa und Frau Rauscher war es viel bequemer, zumal da eine ganze Menge Streicheleinheiten abfiel.

Ins Filstal gab es verschiedene Wege. Mal nahm ich den über Göppingen, Heiningen, Gammmelshausen ins Filstal, ein anderes Mal überquerten wir den Schurwald von Ebersbach aus. Je nach Jahreszeit war die eine oder die andere Strecke besonders schön und erlebnisreich. Lag aber viel Schnee, so verzichteten wir auf unseren Badetag. Die verschneiten und vereisten Steigungen und Abhänge erschienen uns zu gefährlich.

Vor dem Bad führte ich die Dackele kurz an einen bestimmten Ort, wo sie sich lösen konnten. Dann blieben sie im Auto, das sie lebhaft verteidigten. Ging irgendein Mensch am Auto vorüber, erhob sich drinnen ein wütendes Gebell, das durch die einen Spalt offenen Fenster eine deutlich hörbare Warnung bedeutete: »Bleib weg, wir sind verantwortlich hier und wissen uns zu wehren.« Im Sommer musste ich für einen schattigen Platz sorgen, und die Fenster mussten immer einen Spalt offen bleiben.

Wir lösten immer eine Mehrfach-Eintrittskarte. Zum einen war der Preis günstiger, und wir sparten Zeit an der Kasse, weil wir nicht anstehen mussten. Nach dem Umkleiden und Duschen stiegen wir in das klare blaue Wasser, das so wohlig warm war. In der ersten Zeit unserer Besuche allerdings war es graugrün. Bald haftete diese Farbe den Badeanzügen und Badekappen an und war nicht mehr auszuwaschen. Nach einiger Zeit wurden Filter eingebaut, die die Sinkstoffe ausfilterten.

Das Thermalwasser in Ditzenbach kommt aus großer Tiefe und muss für die Badebecken mit kaltem Wasser vermischt werden, damit sich die Badenden wohl fühlen. Die Einrichtungen wie Gästehäuser, Speisesaal, Liegehallen, so wurde uns berichtet, werden auch mit Thermalwasser beheizt.

Das Innenbecken war lang und weit. An den gegenüberliegenden Wänden waren in unterschiedlichen Höhen Düsen eingebaut, an denen die Badegäste die verschiedenen Körperteile vom Wasser massieren lassen konnten. Die Badeärzte allerdings warnten vor diesen Düsen. Der Wasserstrahl sei zu stark und könnte Blutergüsse unter der Haut erzeugen. Man solle einen gewissen Abstand halten. Inge und ich schwammen in der Mitte des Beckens dem Außenbecken zu. Elsa, die nicht schwimmen konnte, hielt sich an den Stangen entlang der Wand und genoss dabei die Düsen. Aber vor dem Einlass zum Außenbecken musste ich sie abholen. Es dauerte eine ganze Weile, bis sie mir und dem Auftrieb des Wassers so viel vertraute und einsah, dass wir zusammen stark genug waren, sie hinauszuführen, ohne dass sie unterging. Aber mit hinaus an die frische Luft wollte sie unbedingt. So überwand sie nach und nach ihre Angst vor dem Wasser und fasste Zutrauen zu meiner Fähigkeit, sie zu stützen. Schwimmen allerdings lernte sie nicht mehr.

Nach dem Bad gingen wir in den abgedunkelten Ruheraum, ehe wir uns in den Umkleidekabinen anzogen. Danach fuhren wir mit dem Auto zum »Heuändres«. Das war ein sehr gemütliches kleines Restaurant, etwas entfernt vom Thermalbad. Das Ehepaar Tromsdorf mit den beiden Töchtern bekochten und bedienten die Gäste in vorbildlicher Weise. Auch unsere Hunde durften mit in das Nebenzimmer. Sie lagen brav unter den Stühlen, nahmen keine Notiz von den übrigen Gästen und Bedienungen und warteten nur gespannt darauf, dass wir unser Besteck endgültig auf die Teller legten. Dann bekamen sie nämlich ein kleines Stücklein Fleisch, das wir für sie übrig gelassen hatten. Mit diesem Verhalten eroberten sie sich die Bewunderung der ganzen Familie Tromsdorf sowie vieler anderer Gäste: »Ha, ihr seid aber brave Hundle! So gut erzogen, dass ihr nicht bettelt oder bellt!« Diese Bewunderung kitzelte auch meinen Stolz.

Nach dem Mittagessen fuhren wir über Auendorf hinauf auf die Höhe. Am höchsten Punkt war ein Wanderparkplatz. Dort stiegen wir aus, um mit den Hunden einen längeren Spaziergang zu machen.

Im zeitigen Frühjahr blühten in der Mitte eines steilen Weges in wunderbarer Bläue Frühlingsenziane. Sie waren nicht zum Abpflücken, schon der Anblick war wie ein Wunder. Um sie auch zu Hause anschauen zu können, machte ich ein Foto.

Ein wenig später pflückten wir im Buchenwald frischen Bärlauch. Im Mai, wenn das frische Buchenlaub noch keine geschlossene Decke bildete, blühten am Wegrand die zarten Sternchen des Waldmeisters. Davon brachen wir Sträußchen, um sie zu Hause, in Leinensäckchen eingebunden, in den Kleiderkasten zu hängen. Der Duft, den wir so angenehm fanden, sollte Kleidermotten vertreiben und gleichzeitig den Kleidern von dem frischen Duft abgeben.

Im Sommer reiften Erdbeeren an den Wegrändern, die nicht nur uns, sondern auch den Hunden schmeckten. Solange die kleinen Beerchen aber unverletzt waren, konnten die feinen Nasen der Hunde sie nicht wahrnehmen. Das hatte den Vorteil, dass die Hunde sie nicht selbst abpflückten, wir mussten sie ihnen geben.

Außer den Blüten, Kräutern und Früchten des Waldes fanden die Hunde auch »Motschela«, die Zäpfchen der wenigen Kiefern und Fichten. Sie nahmen sie auf und boten sie uns zum Werfen an. Inge, die als Sportlehrerin am weitesten werfen konnte, bekam die meisten »Motschela« angeboten. Elsa hatte Mühe, sich zu bücken. Das erkannten die Hunde bald und brachten ihr keine Wurfgeschosse.

Wenn dann die Hunde sich müde gelaufen hatten, ließen wir sie ins Auto springen und fuhren heimwärts. Unterwegs kaufte Inge Kuchen in einer Konditorei. Zu Hause brühte ich eine große Kanne Tee an. In Elsas Küche feierten wir den Abschluss unseres Badetages mit Kuchen und Tee bei lebhaften Gesprächen.

Die Jahre gingen dahin. Immer wieder gab es neue Welpen zur Freude von Elsa und Inge. Welda wurde Großmutter. Bonnie, ihre Tochter, brachte 1992 fünf Welpen zur Welt. Ihre Namen mussten nach der Regel der Hundezucht mit C beginnen. Das war nicht immer leicht, zumal sie für mich, die »Schulmeisterin«, unter einem Zusammenhang stehen mussten. Diesmal wählte ich geschichtliche Namen: Cäsar und Cleopatra, Castor, Cato Cosima.

Frau Bonnet

An Sonntagen fuhr Elsa gerne mit mir und den Hunden ins Land hinaus, um Bekannte zu besuchen. So war in Linsingen bei Mühlacker die Familie Bonnet, die zwei Zwergrüden von mir gekauft hatte, den Cäsar und den Cato. Herr und Frau Bonnet hatten einen großen Bauernhof in der Mitte des Orts. Frau Bonnet war glücklich, wenn sie Besuch bekam, und bewirtete uns nicht nur sehr reichlich, sondern gab uns jedes Mal neben Kuchen auch Milch und frisch gebackenes Brot mit. Jede Woche buk sie Kuchen und Brot für ihre Nachbarinnen, manchmal mehrere Backöfen voll. Die Nachbarinnen bestellten vorher, was sie brauchten, und danach richtete sich Frau Bonnets Produktion. Ich ließ mir manches Kuchenrezept von ihr geben, so zum Beispiel auch das für ihren Zebrakuchen.

Sie war ganz vernarrt in die beiden Dackelbrüder Cäsar und Cato. In ihrem Garten zeigte sie uns die Gräblein mehrerer Dackelrüden. Vor Cäsar und Cato hatte sie einen anderen Zwergdackel. Der war im Alter von nur drei Jahren an Dackellähmung erkrankt. Sie hatte alles aufgewandt, um dem Tierchen das Leben zu erleichtern. Es war operiert worden, was ihm aber nicht geholfen hatte. Eine Therapeutin hatte sich mit ihm beschäftigt. Er hatte ein kleines Rollbrett bekommen, auf das er so geschnallt wurde, dass die Vorderläufe gehen konnten, die Hinterläufe aber nicht auf dem Boden geschleift wurden. Als die Söhne sahen, wie die Mutter unter den Qualen des kleinen Rüden litt, beschlossen sie, dass das Tierchen abgelöst werden solle durch einen Welpen, und dann konnte es erlöst werden von seinen Leiden.

Bei der Welpenvermittlung in Stuttgart hatte ich die Welpen angemeldet. Dort konnten Interessenten erfahren, wo sie einen Welpen bekommen konnten. Außer dem Cäsar und dem Cato hatten meine fünf Welpen schon ihren Platz gefunden, waren aber noch nicht alle abgeholt worden.

Bei einem kurzen informativen Besuch, bei dem der künftige Käufer die Welpen in Augenschein nahm und den Passenden aussuchte, waren die Hündchen noch zu klein, um weggegeben zu werden. Doch legte ich Wert darauf, dass der persönliche Kontakt zwischen den Welpen und den neuen Besitzern möglichst früh zustande kam, damit es für die Kleinen leichter wurde, sich einzuleben. Außerdem bekamen sie ein Stückchen Tuch aus ihrem alten »Nest« mit, das nach ihrer Mutter und ihren Geschwistern roch. Die neuen Besitzer sollten es in das neue Körbchen legen, damit sich die Welpen gleich zu Hause fühlten.

Als sie neun Wochen alt waren, rief ich bei Bonnets an. Darauf kam der ältere Sohn, um den Cäsar abzuholen. Er sah auch den kleinen Cato mit seinem Bruder herumspielen. »Und was ist mit dem Kerlchen?«, fragte er. »Der ist noch frei, der hat noch keinen Platz.« – »Dann nehme ich ihn auch mit. Meine Mutter wird sich freuen!«, sagte er glücklich. »Heute Morgen haben wir den Kranken einschläfern lassen, darum kann meine Mutter gut einen Extratrost und eine neue Aufgabe brauchen.« So kam es, dass die beiden Brüder in Linsingen ihre neue Heimat fanden. Bei jedem Besuch und auch zwischendurch am Telefon betonte Frau Bonnet, welch große Freude sie an den beiden hatte.

Mindestens einmal im Jahr besuchten wir, Elsa, unsere Hunde und ich, Familie Bonnet in Linsingen. Jedes Mal wurden wir freudig begrüßt, ganz besonders von Cäsar und Cato. Es schien, als ob sie ihre Mutter und die Dona wiedererkannten. Manchmal kamen auch die Söhne mit ihren Familien dazu, sodass Herr und Frau

Bonnet das Haus voll hatten. Aber eines Tages schickte mir Herr Bonnet eine Traueranzeige: Seine Frau war gestorben. Wir konnten es kaum glauben, dass die freundliche, rührige, geschickte Frau nicht mehr sein sollte. Noch ein- oder zweimal besuchten wir Herrn Bonnet und die beiden Hunde, aber wir merkten bald, dass es dem Wittwer lieber war, wenn er allein bleiben konnte. So brach die Verbindung nach Linsingen ab.

Manchmal fuhren wir gemeinsam in die Rothenburger Landhege nach Brettheim. Dort wohnte Familie Schurtz. Dort hatten meine Dackelhündin Susi und ihre Tochter Cosima mit dem Mischlingsrüden Flocki hingebungsvoll gespielt. Wir wurden immer mit Freuden empfangen und mit der Bitte verabschiedet: »Kummets doch bald wieder!« (Kommen Sie doch bald wieder!) Als Mitbringsel nahmen wir im Sommer ein paar Körble Breschtleng oder Kirschen mit. Die Breschtleng gediehen auf der Muschelkalk-Hochebene nicht so recht, und die Kirschen reiften erst viel später. Es gab so wenig Kirschbäume bei Brettheim, dass die Vögel so gierig waren und die halbreifen Früchte abpickten und auf den Boden fallen ließen, weil sie ihnen nicht schmeckten. Als Gegenleistung schenkte Frau Schurtz jeder von uns ein Glas Honig.

Schon allein die Fahrt durch das nordwürttembergische Gebiet war zu jeder Jahreszeit ein Erlebnis. Besonders Elsa genoss diese Fahrten, war sie doch in ihrer Jugend nicht oft verreist, erst recht nicht nur zum Vergnügen.

Auf anderen Sonntagsfahrten kamen wir zu Zuchtschauen des Teckelclubs, wo ich meine Zuchthündinnen vorführte. Auch zu den Übungsabenden für die Begleithundeprüfung kam Elsa manchmal mit. Mit Vergnügen schaute sie dabei zu, wie die Hundegruppe lernte, »bei Fuß« zu gehen, sich auf Kommando zu setzen, auf Kommando wieder loszulaufen, zwischen in die Erde gerammten Stöcken Slalom zu laufen, ohne die Stöcke zu berühren. Mit fortschreitender Sicherheit wurden die Übungen auch ohne Leine ausgeführt. Die Dackele stellten sich sehr gelehrig an und erzielten bei der Begleithundeprüfung recht gute Ergebnisse. Dona allerdings war durch ihre Behinderung ausgeschlossen.

Dann kam ein dunkler Tag in den Sommerferien. Den ganzen Tag hatten wir im Garten »Träuble«, Johannisbeeren, gepflückt. Am Abend führte ich die Ernte des Nachmittags nach Winnenden, wo die Beeren zu Saft verarbeitet wurden. Als ich wieder zurückkehrte, kam Elsa mir schluchzend entgegen. »Was ist denn passiert? Warum weinst du denn?«, fragte ich. »Mei Dona! Mei Dona!«, brachte sie nur heraus. Sie führte mich hinunter in die Waschküche. Dort lag die Dona, tot. Unter ihrem Kopf sah ich einen kleinen Blutfleck. Sie war noch warm, die Leichenstarre noch nicht eingetreten. Nach und nach konnte Elsa mir berichten, was geschehen war. Sie hatte mit ihrer Schwester Helene noch im Garten Träuble gezupft. Plötzlich sei die Dona mit wütendem Gebell der Straße zugerannt. Eine Katze war durch die Hecke geschlüpft. Dona musste ihr nach und sie aus dem Garten jagen. Da, ein Hupen, ein Quietschen von Bremsen, ein Schrei. Elsa lief, so schnell sie konnte, der Straße zu. Dort stand ein roter VW Käfer, dahinter lag Dona auf der Straße. Ihr sei fast das Herz stehen geblieben, berichtete Elsa. Eine Frau kam um den Käfer herum auf Elsa zu. Eine Katze sei aus der Hecke vor ihrem Auto über die Straße gerannt. Sie habe gebremst und festgestellt, dass das Kätzchen heil über die Straße gekommen sei. Ehe sie vollends gehalten habe, hätte sie links einen Schlag gegen das Hinterrad gespürt. Sie habe das Dackele nicht überfahren, es müsse mit dem Kopf an ihr Hinterrad gestoßen sein und sich den Schädel eingerannt haben. Wenn Elsa wolle, könne sie ihr ein anderes Hundle beschaffen. Aber Elsa wollte nicht. Ihre Dona war zwar ein Krüppele gewesen, aber zu ersetzen war sie nicht.

Im Garten, nahe am Haus, wo nur Blumen gepflanzt wurden, gruben wir sie ein.

»Unter den roten Rosen graben wir traurig dich ein, unter den weißen Lilien, herzliebes Vögelein.«

Das alte Lied aus Kindertagen singt von einem Vögelein. Aber es passt genauso oder noch mehr auf ein geliebtes Dackele.

Im September 1994 war der achtzigste Geburtstag von Elsa. Wir planten, ihn in einer Gaststätte in Winnenden zu feiern.

Zusammen fuhren Elsa, Inge und ich hin, um die Räumlichkeiten, die Wirtsleute und das Angebot an Speisen zu begutachten. Elsa zeigte sich befriedigt, und wir vereinbarten mit den jungen Wirtsleuten den Termin, Sonntag, den 2. Oktober. Ein paar Tage später kam Elsa auf mich zu und sagte verlegen, sie wolle ihren Geburtstag nicht in Winnenden feiern. Sie wolle lieber bei sich zu Hause feiern. Alle Überredungsversuche schlugen fehl. Unsere Argumente, dass der Achtzigste doch etwas Besonderes sei, dass sie zu Hause gar nicht so viele Gäste bewirten könne wie im Gasthaus, dass sie das Essen und die Bedienung ja gar nicht bezahlen müsse, weil wir sie einladen wollten, all das verfing nicht. So blieb nichts anderes übrig, als die Vereinbarung abzusagen. Die jungen Gastwirte taten mir leid, aber es war die Entscheidung des Geburtstagskindes.

Tatsächlich kamen viel mehr Gäste als wir erwartet hatten. Zuletzt kamen Elsas Verwandte mit sieben Personen. Als sie sahen, dass kein Platz mehr für sie war, stellten sie eine Torte auf den Tisch und zogen sich zurück. Anscheinend waren sie gekränkt. Elsa tat mir leid, aber es war nichts mehr zu machen. Sie sollte noch weitere drei Geburtstage feiern, an denen sich ihre Verwandten zwar mit Geschenken nichts nachsagen ließen, mit ihrer Anwesenheit bei der Feier aber sehr zurückhaltend waren.

Abschied

Im Frühjahr 1998 meldeten Inge und ich uns für eine Studienreise nach Spanien an. Auf dem Programm standen viele interessante Ziele: Die Alhambra, Cordoba und zuletzt Madrid mit dem Prado und anderen Museen. Wir freuten uns sehr darauf. Am Mittwoch, 20. Mai, sollte der Abflug sein. Die Koffer waren gepackt, der »Ferienaufenthalt« der Hunde war geklärt.

Am Sonntag, 17. Mai, trat ich morgens auf den Balkon. Von unten, vom Hühnergarten, kam nicht das gewohnte Gackern der

Hühner. Ich schaute über die Brüstung. Kein Huhn war zu sehen. Da stimmte etwas ganz und gar nicht. Elsas erster Gang am Morgen war hinunter in den Hühnerstall. Sie öffnete die Falle, sodass die Hennen hinausspringen konnten. Draußen bekamen sie ihr Frühstück in Form von zerkleinerten Körnern. Dann füllte sie mit einer Gießkanne die Tränken. Heute war Stille.

Ich ging hinunter, klopfte an Elsas Glastüre und rief: »Elsa, Elsa, bist du wach? Geht es dir gut?« Kein Laut war zu hören. Nun, wenn sie in ihrem Schlafzimmer war, konnten wir uns ja nicht hören, aber dann war sie auch noch nicht aufgestanden und konnte krank sein. Also holte ich den Schlüssel und öffnete die Glastüre. Im Gang und im Bad war niemand. Aber die Küchentüre widerstand meinem Öffnungsversuch. Der Widerstand fühlte sich weich an, also drückte ich etwas stärker, bis die Türe so weit offen war, dass ich hineinschauen konnte. Da lag Elsa, in ihrer Werktagskleidung. Den Schurz hatte sie an, aber die Hausschuhe standen schön nebeneinander an der Tür. Der Kopf lag zur Tür gerichtet, die Füße in Richtung Schlafstube. Die Augen waren geöffnet und blickten starr zur Decke, das Gesicht war blutleer. Vorsichtig nahm ich ihre Hand, die auf ihrer Brust lag. Sie war kalt, kein Puls war zu fühlen. Ich stieg über sie hinweg und rief den Arzt an. Doktor Feuerbacher wohnte auch in Breuningsweiler und war bald zur Stelle. Bis er da war, versuchte ich Elsas Schwester zu erreichen, aber in Hanweiler ging niemand ans Telefon.

Der Arzt untersuchte den leblosen Körper. »An was ist sie denn gestorben?«, fragte ich. »Eine letzte absolute Gewissheit könnte nur eine Obduktion bringen, aber bei dem Alter und Gesundheitszustand von Frau Härle ist das nicht nötig. Meine Diagnose ist ›plötzlicher Herztod‹«. Damit setzte er sich an den Tisch und füllte den Totenschein aus. Ich rief wieder Elsas Schwester an. Endlich kam sie an den Apparat. Sie war natürlich sehr erschrocken. »Wir kommen so schnell wie möglich. Mit dem Auto.« Gewöhnlich kamen sie zu Fuß die Weinbergwege herauf, aber das hätte etwa eine Stunde gedauert, und das war in diesem Fall zu lang.

Der Arzt war indessen wieder nach Hause gegangen. Elsas Körper lag immer noch auf dem Boden der Küche, wie ich ihn vorgefunden hatte. Jetzt war die Zeit, wo ich ungestört Abschied nehmen konnte. Stille und tiefe Ruhe war um uns her, und in dieser Stille stiegen Bilder in mir auf von gemeinsamen Erlebnissen, von Freuden und Kümmernissen. Dabei konnte ich nur dankbar sein für diesen gnädigen Tod, ohne Schmerzen, ohne lange Krankheit.

Die Klingel ertönte. Ich ging und öffnete die Haustüre für Elsas Schwester und Schwager. Helene war untröstlich, war doch Elsa ihre letzte lebende Schwester hier im Land gewesen. Ich ließ das Ehepaar allein mit der Toten und fütterte die Hunde. Wieder läutete es an der Haustür. Diesmal war es der Bestatter, der gekommen war, die Leiche abzuholen. Ich ging hinunter und sah, wie zwei Männer den Körper in den Werktagskleidern in einen Blechsarg legten. »Sollen wir ihr den Schaffschurz nicht abnehmen?«, fragte ich. »Ach, das machen wir schon, wenn wir sie aufbahren in Winnenden«, antwortete einer der Männer. Sie deckten den Sarg zu und trugen ihn hinaus. So verließ Elsa das Haus, in dem sie so lange gelebt und so vieles erlebt hatte.

Die Verwandten blieben noch einen Augenblick und sahen sich in der Wohnung um. »Ich finde, sie hatte einen schönen, sanften Tod. Sie musste nicht leiden, und sie war nicht bettlägerig …« Aber Helene war nicht der Meinung. »Mir wäre es lieber, sie wäre noch da. Wenn sie bettlägerig gewesen wäre, so hätte man doch mit ihr sprechen können. Jetzt ist es einfach leer, wenn wir kommen«, jammerte sie. Doch wer ihre Schwester versorgt und gepflegt hätte, wenn sie bettlägerig gewesen wäre, das hatte sie wohl nicht überlegt. Aber jetzt stand natürlich der Schmerz im Vordergrund, das verstand ich schon.

Die Beerdigung sollte am Mittwoch auf dem Friedhof in Hanweiler stattfinden. Doch am Mittwoch früh starteten Inge und ich nach Spanien. »Sie könnten doch nachreisen nach Spanien«, meinte die Nichte Elsas. »Ja, aber Reise und Aufenthalt sind schon bezahlt. Dann müssten wir die Hinreise doppelt zahlen, wenn wir privat nachreisen wollten. Außerdem wäre es sehr schwierig für uns, in Spanien die Reisegruppe wiederzufinden. Wir können doch kein Spanisch.«

So konnten wir also unserer Freundin Elsa nicht »zur Leich gehen«. Ich brachte einen großen Strauß nach Hanweiler ins Haus der Schwester und fragte, ob ich wohl Elsa im Leichenhaus noch einmal sehen könne. Aber der Schlüssel war in Winnenden beim Bestatter, und ich hatte so kurz vor der Reise noch alle Hände voll zu tun, sodass ich nicht nach Winnenden fahren, den Schlüssel abholen, Elsa noch einmal sehen und den Schlüssel wieder zurückbringen konnte.

Mein Abschied von Elsa war die stille Zeit in ihrer Küche gewesen, und in Gedanken nahmen Inge und ich gemeinsam stillen Abschied auf dem Flug nach Spanien.

Max Drkosch und Margot Betz

Zwei Jäger und Hundefreunde

Dass die kleinen Dackele gelehrig und, auch ohne Gewalt, mit viel Übung und Belohnungen zu ungeahnten Leistungen zu bringen sind, davon überzeugte uns Max Drkosch, ein ausgebildeter Chemiker bei der Winnender Firma Wöhrle. Er hatte einen Jagdschein und einen Rauhaarteckelzwinger im Schulerhof in der Nähe von Winnenden. Sein Zuchtrüde Tikal war berühmt nicht nur wegen seiner Nachkommen, sondern auch wegen seiner jagdlichen Leistungen. Bei den Ausstellungen für »Gebrauchsteckel« des Deutschen Teckelklubs (DTK) erzielte er regelmäßig Preise. Gemeinsam mit seiner Frau Gertraud zog er mehrere Generationen Jagdteckel auf und verkaufte sie nicht nur in Deutschland, sondern auch im Ausland.

Drkoschs hatten sechs Kinder, zwei Söhne und vier Töchter. Einmal sagte Frau Drkosch: »Wir hatten nach fünf Jahren Ehe sechs Kinder. Jetzt reicht's. Ich bekomme ja immer Zwillinge.« Später erfuhren wir, dass die Söhne aus einer früheren Ehe stammten. Die Mädchen waren die Töchter von Gertraud und Max Drkosch.

Ein paarmal reiste er nach Namibia zur Jagd. Anschließend berichtete er bei den monatlichen Zusammenkünften der Sektion Rems-Murr über seine wundervollen Erlebnisse.

Am zweiten Mittwoch im Monat war Clubabend in einem Gasthaus bei Winnenden. Dabei hatte Herr Drkosch immer ein Programm vorbereitet, oft auch mit Beiträgen der Clubmitglieder. Da wurden Filme und Lichtbilder gezeigt, es wurde berichtet von Reisen oder lustigen Alltagserlebnissen, es wurde zwischendurch gesungen und, nicht zu vergessen, à la carte gegessen. Ich war immer gespannt auf diese Abende, bei denen natürlich auch unsere Lieblinge, unsere Dackele, anwesend waren. Nur wenn eine Hündin läufig war, war sie sowohl vom Übungsplatz als auch von den Clubabenden verbannt.

Aber nicht nur diese Zusammenkünfte schlossen die Mitglieder zusammen, sondern mehr noch die wöchentlichen Übungsabende.

Nach Feierabend versammelten sich donnerstags die Übungsteilnehmer mit ihren Hunden auf einem geräumigen Platz am Ende Winnendens in Richtung Birkmannsweiler, um für die Begleithundeprüfung zu üben. An einem der ersten Übungsabende unterrichtete uns Herr Drkosch über die beste Ausrüstung für gelingendes Training. Er empfahl eine lockere Halsung, die mit einem Handgriff zu lösen und wieder anzulegen ist. Allerdings muss sie so angepasst sein, dass der Hund sie nicht abstreifen oder beim Zug des Führers an der Leine selbst herausschlüpfen kann. Außerdem sollte der Hundeführer eine Leine haben, die er über der Schulter tragen kann, damit er die Hände frei hat. So überträgt sich die Aufregung des Führers nicht so leicht auf den Hund, was besonders bei Prüfungssituationen wichtig ist. Da erkannte ich zum ersten Mal, wie sensibel und auf den vertrauten Menschen fixiert die kleinen Hunde sind.

»Leise sprechen wirkt viel mehr als Schreien. Euer Hund hört sehr gut, und Schreien beleidigt sein Ohr. Darum schont sein empfindliches Gehör!«, prägte er uns ein. »Und haut eure Hunde nicht! Ein junger Hund wird dadurch ›handscheu‹. Er soll ja zu eurer Hand Zutrauen haben. Sie soll ihn füttern, streicheln, trösten und ihm nicht Schmerzen zufügen. Das ist zwar manchmal nicht zu vermeiden, wenn ihr ihm zum Beispiel eine Zecke entfernen müsst. Zum Training empfehle ich euch, dass ihr immer eine Leckerei in der Tasche habt. Nach meiner Erfahrung ist Schwarzwurst, in kleine Würfel geschnitten, eine sehr gute Belohnung, wenn eine Übung geklappt hat.« Also machten die Metzger ein gutes Geschäft vor den Übungsabenden, denn nur ein Stückchen Schwarzwurst konnte man ja nicht kaufen. So kaufte man sich noch sonst etwas an Fleisch oder Wurst dazu.

Zuerst übten wir das Bei-Fuß-Gehen. Wir gingen im Kreis in gewissen Abständen, sodass sich die Hunde nicht gegenseitig ablenken konnten. Auf Befehl wurde angehalten, wobei sich die Hunde auf den Befehl »Steh!« an die linke Seite des Führers stellen mussten. Danach kam der Befehl »Los!« oder »Geh!« Gleichzeitig bewegte der Führer den rechten Fuß vorwärts, sodass der Hund sowohl den akustischen als auch den optischen Impuls empfing. Später kam der Befehl »Sitz!« Er wurde zuerst verstärkt durch einen leichten Druck auf die Schwanzwurzel und begleitet von einer Aufmerksamkeit fordernden Haltung der anderen Hand. Wenn diese Übungen einigermaßen klappten, ging die ganze Gruppe im Slalom zwischen aufgesteckten Pfosten durch, erst an der Leine, später auch ohne Leine.

»Das flache Liegen auf dem Bauch ist der größte Vertrauensbeweis, den der Dackel seinem Führer liefern kann. Es ist noch wichtiger als das Sitzen«, erklärte Herr Drkosch. Deshalb wurde »Platz!« immer wieder geübt, bis es klappte. Die rechte Hand wurde zum ausgemachten Zeichen erhoben, während die Linke mit sanftem Druck den Kopf des Dackels zur Erde bog. »Welches Zeichen Sie für die rechte Hand verwenden, ist egal. Es muss nur immer das gleiche sein, damit der Hund sich daran gewöhnt«, erklärte der Trainer. Das Stückchen Schwarzwurst durfte später weggelassen werden, wenn der Hund sicher in der Übung war. Dann genügte ein mündliches Lob, begleitet mit einem zärtlichen Klaps auf den Rücken.

All die gelernten Übungen mussten natürlich zu Hause und bei Spaziergängen immer wieder aufgegriffen werden. Beim nächsten Übungsabend kamen immer schwierigere Verhaltensweisen an die Reihe. Die Hunde wurden abgelegt, und die Führer gingen erst ein paar Schritte weg, dann immer weiter, aber stets in Sichtweite des Hundes. Zur Hilfe konnte auch eine Jacke, ein Schlüsselbund oder sonst ein Gegenstand vor den Hund gelegt werden. Der natürliche Instinkt lässt den Hund das Eigentum des vertrauten Menschen bewachen und notfalls auch verteidigen.

Wir fuhren an den Waldrand hinter Bürg, um die »Führersuche« zu üben. Bei dieser Übung hatte ich Bedenken, denn meine schwarzrote Sanne war eine leidenschaftliche Jägerin. Wie leicht konnte sie mich vergessen und einem Hasen oder einem Reh nachjagen, dessen Spur sie aufgenommen hatte! Herr Drkosch wusste auch da Rat. »Nach meiner Ansicht ist die Sanne so auf Sie eingestellt, dass sie sich nicht ablenken lässt. Außerdem wird sie beim Verfolgen eines Wildes Spurlaut geben, sodass sie immer zu finden sein wird.« So ging ich in den Wald hinein, während Herr Drkosch die Sanne so festhielt, dass sie mich nicht sehen konnte. Ich stellte mich hinter einen dicken Baumstamm, sodass sie mich nicht gleich entdecken konnte. In kurzer Zeit kam sie angelaufen, den Fang (Nase) auf dem Boden, lief um den Stamm herum und sprang freudig jaulend an mir hoch. Ich nahm sie auf den Arm, streichelte sie und gab ihr ein Stückchen Schwarzwurst zur Belohnung.

Eine sehr wichtige Übung betraf das Verhalten im Straßenverkehr. Die Hunde mussten lernen, keinem Fahrrad und keinem Auto nachzurennen, den Fußgängern nicht zwischen die Füße zu geraten oder ihnen die Leine um die Beine zu wickeln. Auch hier hieß es, streng dem Führer »bei Fuß« zu bleiben und sich nicht durch Geschrei, Fahrradklingeln oder Autohupen aus der Ruhe bringen zu lassen. Dazu gingen wir an einem Markttag durch die engen Straßen Winnendens. Zwar fuhren dann keine Autos, aber Radfahrer, auf die es zu achten galt. Da erwies sich das Slalomlaufen zwischen Menschengruppen, die in der Mitte der Straße standen und sich unterhielten, als sehr praktisch. Aber auch der Befehl »Steh!« oder »Sitz!« war angebracht, wenn der Führer eine ausgelegte Ware genauer ansehen oder erwerben wollte. Dabei machte ich die Beobachtung, dass sich viele Dackele unter die Stände verkrochen, damit sie von den Vorübergehenden nicht getreten wurden. Als ich diese Beobachtung den anderen mitteilte, riet Herr Drkosch, die kleinen Hunde zwischen den Füßen abzusetzen, sodass sie vom Führer selber, von seinem Körper, geschützt seien.

Bei schönem Wetter fuhren wir an einen Baggersee in der Nähe von Winterbach. Die Autos blieben unten auf dem Parkplatz stehen. In einem langen Zug stiegen die Führer mit ihren Hunden hinauf durch den Wald und drüben wieder hinunter zum See. Auch dieser kurze Gang konnte benützt werden, um die Hunde im Bei-Fuß-Gehen zu üben. Sie sollten ja vorerst im Wald nicht von der Leine gelassen werden, obwohl ein gut erzogener Hund bei seinem Führer bleiben sollte, auch ohne Leine. Doch so weit waren unsere Dackele noch nicht.

Am Baggersee gab es Stellen, wo das Wasser leicht zugänglich war, aber da lagerten und schwammen Nacktbader. Die wollten wir nicht stören, vor allen Dingen uns nicht mit ihrem Anblick belasten. Merkwürdigerweise haben bekleidete Menschen mehr Scham beim Anblick Nackter als umgekehrt. Wir mussten das steilere Ufer für unseren Einstieg wählen. Einige Rauhaardackel sprangen schon beim Anblick des Wassers hinein, doch die »vornehmeren« Langhaardackel wollten nicht so recht nass werden. Nass werden schon, um sich abzukühlen, aber nur, solange sie noch stehen konnten. Herr Drkosch, der hohe Gummistiefel angezogen hatte, stieg hinein und ließ sich die Hunde einzeln hineinreichen. Vorsichtig setzte er sie aufs Wasser. »Die meisten Hunde haben Angst, mit dem Kopf untergetaucht zu werden. Dann haben sie das Gefühl zu ertrinken und bekommen Angst für eine lange Zeit. Deshalb sehen Sie zu, dass Ihr Liebling aufs Wasser gesetzt wird, sodass er gleich losschwimmen kann.« Und wirklich, tapfer strampelten die kleinen Kerlchen und kamen schnell im Wasser vorwärts. Doch blieben sie in der Nähe des Ufers. An heißen Tagen kamen wir schon im Badeanzug unter den Kleidern und tummelten uns mit den Hunden im Wasser. »Aber achten Sie darauf, dass der Hund nicht hinter Ihnen schwimmt. Dann könnte es nämlich sein, dass er Ihren Rücken unterm Wasser nicht wahrnimmt und Sie beim Schwimmen behindert.«

»Als gute Methode, den Hund ins Wasser zu bekommen, empfehle ich Ihnen, sein Lieblingsspielzeug vorauszuwerfen. Er will es retten und springt hinterher. Ein Ball allerdings ist dazu nicht geeignet, denn den kann der Hund im Wasser schlecht fassen, er schwimmt ihm immer wieder weg. Dabei schluckt der Hund Wasser und kann sogar ertrinken.«

Mein Problem aber war, dass meine Hunde gar kein Lieblingsspielzeug hatten. Sie spielten miteinander und mit mir. Ich warf Bälle oder Stöcke, und sie holten die Gegenstände wieder. Das Abgeben hatten sie inzwischen gelernt, weil sonst das Spiel nicht weitergegangen wäre. Aber leicht war es ihnen allen nicht gefallen, den Ball oder den Stock in meine Hand oder auch nur auf den Boden zu legen.

Gemeinsam kamen wir auf eine Versuchung, die Hunde ins Wasser zu bekommen: Zwischen zwei dünnen Brettchen wurde mit Gummibändern ein Stückchen Schwarzwurst befestigt. Nachdem das Dackele daran geschnuppert hatte, wurde das Paketchen möglichst weit ins Wasser geschleudert. Mit den Augen verfolgte das Hündchen die Wurfbewegung, und ehe das Brettchen auf dem Wasser ankam, hatte sich die begierige Hündin ins Wasser gestürzt, das ihr über dem Kopf zusammenschlug. Schnell tauchte sie wieder auf, schüttelte sich kurz das Wasser aus den Augen und schwamm auf das Wurstpaketchen zu. Im Wasser packte sie es nicht aus, denn da war kein Grund, auf dem sie gemütlich den Leckerbissen hätte verzehren können. Also schwamm sie auf das Ufer zu und ließ sich heraushelfen, ohne ihren Fang loszulassen. An Land erntete sie großes Lob zusätzlich zur Belohnung. So wurden die Hunde auf die Begleithundeprüfung vorbereitet.

Ehe die Begleithundeprüfung anberaumt war, gab es Streit zwischen Herrn Drkosch und Margot Betz. Worum dieser Streit ging, war nicht zu erfahren. Ging es um Vorrang und Prestige beim Dachshundklub Württemberg-Hohenzollern oder um Unstimmigkeiten mit dem VJT, dem Verein für Jagd-Teckel, bei dem Max Drkosch als Züchter Mitglied war. Die Unstimmigkeiten gingen so weit, dass sich die Sektion teilte.

Da meine Dackelchen zwar leidenschaftliche Jägerinnen waren, ich aber kein Interesse an der Jagd hatte, züchtete ich Familien- und Begleithunde. So beschloss ich, beim DWH zu bleiben, wo auch Nichtjäger ihren Platz haben. Herr Drkosch bestätigte mich in diesem Entschluss, lud mich und meine Dackelinnen weiterhin zu seinen Clubabenden ein und nahm uns zu verschiedenen Gelegenheiten wie Ausstellungen und Wettbewerben mit. Die Verbindung wurde nicht unterbrochen.

An einem sonnigen Februarnachmittag ging ich mit meinen drei Dackelchen, der schwarzroten Susanne, ihrer Tochter Holle und der roten Cosima am Waldrand über dem Eichholz spazieren. Der Schnee war zumeist geschmolzen. Den Weg und den Waldboden bedeckten welke Blätter, durch die die Hunde hindurchraschelten. Da und dort schaute junges Grün durch das verrottende Laub, aber die Buchen, Eichen, Lärchen und Nussbäume waren noch kahl außer denen, die das letztjährige Laub noch nicht abgeworfen hatten. Von unten waren Axtschläge zu hören. Offenbar waren Waldarbeiter am Werk.

Ich hatte die Dackelchen von der Leine gelassen, weil sie schon so weit geschult waren, dass sie auf Zuruf oder Pfiff herankamen. Plötzlich bellte die Cosi ein-, zweimal und rannte etwa zehn Meter in den Wald hinein. Dort blieb sie sitzen und schaute intensiv vor sich hin, den Berg hinunter. Was mochte sie denn dort entdeckt haben? Welche Spur mochte sie vom Weg abgelockt haben? Ich konnte nichts erkennen, und mit meinen stumpfen Sinnen hatte ich die Verlockung auch nicht wahrgenommen. Eine ganze Weile beobachtete ich sie, lockte auch immer wieder: »Komm, Cosi, komm!« Aber ihr Geruchssinn sagte ihr wohl, dass sie weiter beobachten sollte, um nichts Wichtiges zu verpassen.

Die Sonne stand jetzt tief am Horizont. Es war Zeit zum Heimgehen. Energischer rief ich: »Cosima, komm jetzt, wir gehen heim!« Sie stand auf, aber anstatt auf uns zuzulaufen, bellte sie ein paarmal und lief von uns weg. Die beiden anderen Hündinnen hatte ich schon an die Leine genommen. Jetzt schlang ich die Leinen um einen Baumstumpf, damit sie oben auf dem Weg blieben und rannte hinter der Cosi her. Weit und breit sah ich sie nicht mehr, aber vor mir waren im Boden mehrere große Höhlungen. Spuren zeigten, dass Tiere in der letzten Zeit hinein-

oder herausgekommen waren. Das also hatte die Cosi verführt. Ob es Füchse oder Dachse waren, in deren Bauten sie gekrochen war, wusste ich nicht. Ich konnte nur hoffen, dass es ein Fuchs gewesen war, denn der würde irgendwo herauskommen und die Verfolgerin nachlocken. Vom Dachs aber hatte ich gehört, dass er schlauerweise seine Verfolger in einen blinden Gang locke und, da sie nicht hinauskönnen, lebendig begrabe. Vielleicht aber war die Cosi, ohne dass ich es bemerkt hatte, den Berg hinuntergerannt und nach Hause gelaufen. Vielleicht wartete sie schon vor der Haustür auf uns. Also liefen wir, so schnell wir konnten, nach Hause. Aber vor der Haustür war keine Cosi. Elsa hatte sie auch nicht gesehen.

Oben in meiner Wohnung rief ich Drkoschs an und schilderte, was vorgefallen war. »Wir sind gleich da! Packen Sie Ihre Transportbox ins Auto und legen Sie eine vertraute Decke hinein für den Fall, dass wir sie jetzt nicht finden.« Ohne Hunde machte ich mich im Auto auf den Weg. Herr und Frau Drkosch waren mit ihrem Rauhaarteckel Tikal ausgestiegen, und ich führte sie zu der Stelle, wo Cosi verschwunden war. Herr Drkosch band dem Tikal ein kleines Kästchen um den Hals. »Das ist ein Sender, damit weiß ich, wo er ist und was er tut. Notfalls kann ich ihm damit zu Hilfe kommen«, erklärte er. Dann schickte er den Tikal in das Loch, das die meisten frischen Schleifspuren aufwies. Eine Weile standen wir ganz still, dann erschien der dunkle Kopf des Dackels und verschwand wieder. Noch zweimal wiederholte sich der Vorgang, und beim dritten Mal hatte er einen noch fast nackten Welpen im Fang. »Könnte der Größe und der Behaarung nach ein Dachswelpe sein. Die Fähen (Füchsinnen) haben um diese Zeit noch nicht geworfen. Ihre Welpen sind ohnehin kleiner. Aber ganz sicher bin ich mir nicht, dass es ein Dachswelpe ist.« Er löste den Sender vom Hals Tikals und klopfte ihm zärtlich den Rücken: »Gut gemacht, Kumpel!«

Meine Frage war: »Wie konnte Tikal den Welpen seiner Mutter entführen? War sie gerade ausgegangen und hatte ihren Wurf alleingelassen?« – »Nein, der Kleine ist schon länger tot. Er ist nicht nur ganz kalt, sondern auch nicht mehr in Totenstarre. Deshalb hat ihn wohl seine Mutter von den anderen weggenommen, damit die gesund bleiben. Sie ist Tikal gar nicht begegnet.« Aber die Cosi war noch nicht gefunden.

»Wir stellen die Box nahe beim Eingang auf und lassen die Tür offen. Morgen früh schauen Sie nach. Hoffentlich sitzt sie dann in der Box und schläft. Heute können wir nichts mehr tun.« Damit verabschiedeten sich Herr und Frau Drkosch und fuhren heim zum Schulerhof.

In dieser Nacht schlief ich kaum. Immer wieder musste ich aufstehen und aus dem Fenster schauen, ob Cosi nicht unten an der Haustüre säße. Jeder Hundelaut von außen alarmierte mich. Als ich nach der Box im Eichholz schaute, war sie immer noch leer. Lange Zeit hielt ich immer wieder Ausschau nach ihr, fragte auch die Waldarbeiter, die unterhalb der Dachs- oder Fuchshöhlen gearbeitet hatten, ob sie die Kleine nicht gesehen hätten, aber sie war und blieb verschwunden. Familie Drokosch war immer bereit zu helfen, auch wenn ich jetzt in einer »anderen Liga spielte«.

Die »Chefin« dieser »neuen Liga« war Frau Margot Betz. Sie war verheiratet mit Herrn Jakob Betz und wohnte in Backnang. Beide hatten die Jagdausbildung gemacht und führten einen Langhaardackel, der auch jagdlich geschult war. Auf die Jagd gingen sie nicht mehr. Herrn Betz habe ich nur ein paarmal bei Clubabenden gesehen. Er war wohl einiges älter als seine Frau und ist bald gestorben. Margot war nun allein mit ihrem Dackelrüden und war froh, eine Aufgabe zu haben, die ihr Spaß machte, sie mit andern Menschen in Berührung brachte und mit Hunden zu tun hatte.

Nun stand uns aber der Übungsplatz am Ausgang der Stadt Winnenden nicht mehr zur Verfügung. Zunächst durften wir unsere Dackel auf einer Wiese bei Affalterbach trainieren. Diese war aber weit weg auf dem freien Land, und die Stangen, Kasten und andere Übungsmittel mussten mühsam her- und wieder weggeschafft werden. Zur Einkehr nach den Übungsabenden und vor allem für die Clubabende bot sich eine Gaststätte etwas außerhalb von Affalterbach an. Der Wirt war selber Mitglied des DWH. Er bot gute Speisen und Getränke an, auch unsere Dackele waren willkommen. Nur sperrte er bei den Clubabenden seinen eigenen, wohlbeleibten Rauhaardackel weg, vielleicht um zu verhindern, dass eine Rauferei ausbrach zwischen den Hunden. Vielleicht befürchtete er auch, dass die unwiderstehlich sehnsüchtigen Blicke die Hundefreunde bewegen könnten, dem Kerlchen Leckerbissen zukommen zu lassen, die seine »schlanke Linie« vollends zerstört hätten.

Der Nachteil war, dass die Örtlichkeiten für die meisten Teilnehmer zu weit entfernt von ihrem Wohnort waren. So suchte Margot einen neuen Übungsplatz, der auch für Prüfungen und Zuchtschauen geeignet war. Sie fand ihn beim »Verein für Deutsche Schäferhunde« außerhalb von Leutenbach auf einer kleinen Anhöhe. Der Platz war eingezäunt. Ein kleines Häuschen war gut ausgestattet mit einem Gastraum, viel Platz für Übungsgeräte und einem Vorratsraum für Getränke sowie einer kleinen Küche zur Zubereitung von Warmgetränken und Suppen. In der näheren Umgebung befanden sich zahlreiche Parkplätze teilweise unter schattenden Obstbäumen. Wir hatten einen wunderschönen Ausblick auf Weiler zum Stein und Leutenbach, das Backnanger Becken sowie auf die dahinterliegenden Anhöhen des Murrhardter Waldes, die sich im Dunst verloren.

Diesen schönen, geschützten Platz hatte Margot für die Sektion Rems-Murr des DWH gepachtet. Hier absolvierten wir unter der strengen Leitung Margots mit den Lieblingen unsere Übungen. Da ich mehrere Hunde hatte und nicht alle gleichzeitig trainieren konnte, kamen ein paar Kinder mit und übernahmen bald die eine, bald die andere Hündin. So lernten auch sie den innigen Umgang mit einem Hund, und die Hunde gewöhnten sich an streichelnde Kinderhände und an Anordnungen aus Kindermund.

Nun war noch an die Ausbildung der »Wasserarbeit« zu denken, die ja im Baggersee hinter Winterbach begonnen hatte.

Dazu fuhren wir ein paarmal zum »Stollenhof« auf den Mainhardter Wald.

Neben der Durchgangsstraße nach Schwäbisch Hall lagen die Gebäude des Stollenhofs ein wenig im Wald versteckt. Daran führte ein geschotterter Weg vorbei tiefer in den Wald hinein. Nach etwa dreihundert Metern kamen wir an einige Holzgebäude, hinter denen sich ein Feuerlöschteich befand. Der musste angelegt werden, weil in den Holzgebäuden nicht nur holzbeheizte Kochherde waren. Sie waren auch im Winter bewohnt und mit Holz- und Kohleöfen ausgestattet. Der »Hausherr« dieser Anlage war Gottfried Kraft. Seine Aufgabe war, junge Forstleute, Heger und Pfleger, auszubilden. Er war auch der Obmann der Jägervereinigung. Mit seiner Frau Ursula zusammen züchtete er Kurzhaar-Jagdteckel, die zu jener Zeit ziemlich berühmt waren als treue Jagdbegleiter.

Auf diesem Gelände und unter der Aufsicht von Herrn Kraft zeigten unsere Dackele zuerst ihre Leinenführigkeit, ihr Verhalten im Straßenverkehr und wie zuverlässig sie ihre Führer finden konnten. Dann zog Herr Kraft seinen »Badeanzug« an. Der schützte hauptsächlich den unteren Teil seines Körpers vor dem Nasswerden. Er bestand aus Gummistiefeln, die fest mit wasserdichten Beinkleidern verbunden und über den Achseln mit Trägern festgehalten wurde. Damit stieg er ins Wasser und lenkte die Wasserarbeit der Dackele von dort aus.

Die Begleithundeprüfungen wurden im September oder Oktober auf dem Stollenhof abgehalten. Nicht nur die Hundehalter mit ihren Tieren, sondern auch Verwandte und Freunde versammelten sich auf dem Gelände, um die gelehrigen Dackele zu feiern, auch wenn sie keine Preise gewonnen hatten. Sie hatten ja ihr Bestes gegeben. Die Übungsleiter, in unserer Sektion Margot Betz, ernteten Anerkennung, besonders wenn sie viele Sieger ausgebildet hatten.

Der Rüde von Margot Betz, ein noch junges Tier, hatte seine Besitzerin angegriffen und verletzt. Der Tierarzt stellte fest, dass der Kleine krank und eine Gefahr nicht nur für sein

Fraule war. Er musste eingeschläfert werden. Der Mann von Margot war ja bereits gestorben, so war sie nun ganz allein. Deshalb wollte sie so bald wie möglich wieder einen Rüden haben. Meine Susanne hatte zwei Welpen geworfen, den Justus und die Jeanine. Margot sah sie und verliebte sich in den Justus. Da er vermutlich auch gute Jagdeigenschaften vererbt bekommen hatte, war er recht für Margot, sie wollte ihn haben. Ihre Bedingung war, dass er nicht als Justus (der Gerechte) in das Stammbuch eingetragen werden solle, sondern als Joschi. Diesem Wunsch konnte ich entsprechen, denn noch war der Wurf nicht abgenommen worden.

Zur Wurfabnahme kam eine vom DWH bestellte Person, der Zuchtwart, ins Haus, wenn die Welpen acht Wochen alt waren. Sie mussten zuvor mehrmals entwurmt und vom Tierarzt geimpft sein. Der Impfpass war der Beweis dafür.

Die Welpen bekamen ihre Kennnummer in ein Ohr eintätowiert. Das tat schrecklich weh, und ich musste sie trösten und streicheln. Doch sie waren noch jung und vergaßen den Schmerz schnell. Eine Woche noch zur Erholung, dann waren sie bereit zur Abgabe. Für mich war es jedes Mal ein Schmerz, der dadurch gemildert wurde, dass die Kleinen in gute, sachverständige Hände kamen.

Der Joschi war ja nicht weit weg. Ich konnte ihn nicht nur besuchen, sondern sah ihn auch immer wieder auf dem Übungsplatz. Die Jeanine kam an den Bodensee und wurde die Stammmutter der schwarzroten Zwergteckel vom Markelfinger Winkel. Auch sie sah ich manchmal bei Zuchtschauen.

Im Juli 1998 feierte Margot ihren siebzigsten Geburtstag mit der Sektion in der Gaststätte bei Affalterbach. Dabei kündigte sie an, dass sie sich eine Eigentumswohnung kaufen wolle. Sie werde Backnang verlassen und ihren Lebensabend in Weil im Schönbuch verbringen. Von allen Gästen wurde das mit großem Bedauern aufgenommen.

Einmal habe ich sie in Weil im Schönbuch besucht. Dort wohnte auch ein anderer Sohn meiner Susanne, der »Hunter vom

Schlossäckerle«. Ihn besuchte ich bei der Gelegenheit auch. Er war wirklich ein Jäger, sein Herrchen hatte ihn jagdlich ausgebildet und war begeistert über die Leistungen des Kerlchens.

Später beklagte sich Margot, dass sie so wenig Anschluss habe. Ihre Wohnung sei zwar schön und komfortabel, aber sie vermisse den Umgang mit Nachbarn und Freunden, den sie in Backnang gehabt hatte. Aber zurückgehen könne sie nicht, weil ihr ganzes Geld in der schönen Eigentumswohnung stecke. So lebe sie halt allein mit ihrem Joschi und gehe auch regelmäßig mit ihm spazieren. Mit der Familie, in der Hunter war, suchte sie trotz meines Hinweises keine Verbindung. Von ihnen wurde mir berichtet, dass sie die Frau Betz ganz selten auf ihren Spaziergängen träfen. Wenn sie grüßten, schaue sie weg und gehe schnell ihres Weges. Dann hörte ich lange nichts von ihr. Ans Telefon ging sie nicht, Briefe wurden nicht beantwortet.

Nach langen vergeblichen Versuchen bekam ich Verbindung mit einer Sozialarbeiterin in Weil im Schönbuch. Sie berichtete mir, dass Frau Betz im Pflegeheim Haus Martinus sei. Sie sei dement. Nachdem ihre Nachbarn einige Tage nichts von ihr gesehen und gehört hatten, haben sie die Polizei gerufen. Sie wussten, dass Joschi in der Wohnung war, weil er immer wieder bellte und winselte. Als die Polizisten die Wohnung öffneten, kam ihnen Joschi freudig bellend entgegen. Die Wohnung stank von den Exkrementen des Hundes. Er hatte wohl einige Zeit nichts zum Fressen bekommen und war fast verdurstet. Margot lag apathisch auf ihrer Couch, ungewaschen, ungekämmt. Die Polizei benachrichtigte einen Arzt und brachte Joschi ins Tierheim. Dort fand der schöne, intelligente Rüde schon bald »Adoptiveltern«. Doch auch als Züchterin konnte ich die Adresse der neuen Besitzer Joschis nicht bekommen.

Der Arzt wies Frau Betz ins Pflegeheim ein. Von dort wurde die Sozialarbeiterin beigezogen, die die persönlichen Angelegenheiten Margots regelte. Die fand meine Adresse heraus und informierte mich. Sie gab mir auch ihre eigene Telefonnummer, sodass ich immer wieder anrufen und mich nach Margot erkundigen konnte. Die Verwaltung des Pflegeheims durfte mir keine Informationen geben, weil ich ja nicht verwandt bin.

Durch diese Anrufe bei der Sozialarbeiterin erfuhr ich, dass Margot immer mehr abbaute. Sie sei keine einfache Patientin, sehr eigenwillig und herrschsüchtig. Das sei aber keine seltene Eigenart bei Dementen.

Etwa ein Jahr verbrachte Margot im Haus Martinus, dann berichtete mir die Sozialarbeiterin, dass sie verstorben sei. Ihre Erben hatten den Ort der Beerdigung bestimmt, aber sie wisse ihn nicht. So konnte ich nur in Gedanken Abschied nehmen von Margot Betz.

Ein paarmal folgte ich der Einladung einer Kollegin zu den Clubabenden der Sektion Stuttgart. Dort war immer ein unterhaltsames und interessantes Programm, ähnlich wie Max Drkosch seine Programme geplant und dargeboten hatte. Beim Stammtisch Anfang Dezember 2002 fragte eine Anwesende: »Wisst ihr schon, dass Max Drkosch nicht mehr lebt? Er soll sich erschossen haben.« Große Bestürzung folgte darauf, aber niemand wusste etwas Genaueres.

Am nächsten Tag schickte ich Traudl Drkosch einen Beileidsbrief. Zur Beerdigung konnte ich nicht gehen, weil ich weder Ort noch Zeit wusste. Erst später erfuhr ich, dass er auf dem neuen Friedhof, dem Waldfriedhof im Schelmenholz, beigesetzt worden war. Wie war es denn geschehen, dass er seine Familie freiwillig verlassen hatte?

Frau Drkosch erzählte mir: »Wir sind am Abend in der Küche gesessen. Ich habe ein Kleidungsstück gerichtet, Max hat seine Flinte gereinigt. Als ich fertig war, sagte er: ›Geh schon ins Bett, du bist müde. Ich komme bald nach, wenn ich die Flinte wieder zusammengebaut habe.‹ Wäre ich doch nur nicht weggegangen! Ich war gerade am Einschlafen, als ich von einem Schuss von unten wieder wach wurde. Schnell lief ich in die Küche, und da lag Max in seinem Blut. Er hatte sich in den Kopf geschossen und war tot«.

»Warum hat er das getan?«, fragte ich.– »Ein paar Tage zuvor ist er beim Arzt gewesen und hat den Bescheid bekommen, dass er Krebs habe. Von da an war er deprimiert, aber auch besonders rücksichtsvoll und zärtlich. Offenbar konnte er mit der Aussicht nicht leben, langsam und qualvoll am Krebs zu sterben.«

Der Danksagung, die Frau Drkosch mir zukommen ließ, lag eine Skizze bei, die im Vordergrund ein Schneefeld zeigt, auf das diffuse Schatten von schwarzen, kahlen Bäumen fallen. Im Hintergrund ist blauer Himmel dargestellt, an dem ein weißer voller Mond steht.

In der linken unteren Ecke steht:

Abschied
Wir versuchen zu tragen,
was nicht zu verstehen ist.

Ein Freund der Familie, der Winnender Künstler Martin Kirstein, hat, schön umrahmt von Blattranken, sich in den toten Freund hineingedacht mit den Worten:

Ich weiß nicht mehr,
was mich befallen hat in jener
Nacht.

Jetzt weiß ich auch nicht mehr,
was Morgen ist und Abend.

Seid jetzt einander nicht allein!
Mein Wort verlösche Eure Traurigkeit.
Helft mir, dass ich lebe in Euch!

Frau Hofsäss

Im Pflegeheim Alexander-Stift

Unser Gemeindepflegeheim Alexander-Stift wurde im Jahr 2006 eingeweiht. Es war nicht das erste hier im Süden Deutschlands. Schon 1935 hatten Bessarabiendeutsche in Großerlach-Neufürstenhütte ein Heim für Pflegebedürftige eingerichtet. Benannt war dieses Heim und später alle folgenden nach dem russischen Zaren Alexander II. Die Menschen in Bessarabien waren ja Untertanen des russischen Zaren gewesen, bis dieser im März 1881 einem Attentat zum Opfer fiel. Dieser Zar wurde auch von seinen Bauern »Der Befreier« genannt. Er hatte den versklavten Bauern nicht nur die Freiheit geschenkt, sondern ihnen auch Land gegeben, sodass sie sich und ihre Familien ernähren konnten. Die Bessarabiendeutschen waren zwar nie Leibeigene gewesen (»... Dein eigner König rief ihn einst in Ehren: Pflüg mir den Boden, wackre Schwabenfaust«, lernte ich einst in der Schule ein Lied, das die Situation der Auslandsdeutschen besingt.) Dennoch haben sie wohl die Verdienste ihres Herrschers geehrt, indem sie seinen Namen in ihren Seniorenheimen »verewigten«.

Nachdem unser Alexander-Stift eingeweiht war, suchten die Verantwortlichen ehrenamtliche Mitarbeiter, die das Leben im Pflegeheim abwechslungsreicher gestalten konnten. Gefragt waren Begleitung auf Spaziergängen, Singen, Vorlesen, Erzählen, Basteln und Malen. Ob ich mit meinen Dackele die Bewohner besuchen dürfe, wollte ich wissen. Sie seien gesund, sehr gut sozialisiert, freundlich gegen Groß und Klein. Die Heimleitung war einverstanden, zwar nicht ganz vorbehaltlos, sozusagen auf Probe. So besuchte ich das Alexander-Stift regelmäßig mit meinen »ständigen Begleitern« und brachte den Bewohnern viel

Freude mit. Teilnahmslose Gesichter belebten sich zu einem zarten Lächeln, wenn ich eine schlaffe Hand auf einen weichen Hundekörper legte. Wahrscheinlich weckte die weiche Wärme angenehme, längst verschüttete Erinnerungen.

Wenn die Bewohnerin Dora ihre Angst überwunden und der Sanne einen Leckerbissen dargereicht hatte, dann war das der Anfang einer neuen, innigen Freundschaft. »Meine Lieblinge«, begrüßte uns Dora jedes Mal, wenn wir zur Tür hereinkamen. Außer einigen Bewohnern, die eine unüberwindliche Angst vor Hunden hatten, waren es viele, die uns mit Freuden begrüßten.

Eine ganz besondere Gestalt begegnete mir im Pflegeheim Alexander-Stift. Sie wohnte im zweiten, im obersten Stock und fiel auf durch ihr weißes Haar und ihre große, aufrechte Gestalt. Auch wenn sie meist auf ihrem Stuhl saß, überragte sie ihre Mitbewohner. Als ich ihr zum Gruß die Hand hinstreckte, reagierte sie nicht. »Frau Hofsäß kann Sie nicht sehen«, klärte die Pflegerin Eva mich auf über das seltsame Verhalten. So neigte ich mich ein wenig zu ihr und sagte leise, damit sie nicht erschrecken sollte: »Grüß Gott, Frau Hofsäß. Wie geht es Ihnen?« Sie wandte mir das Gesicht zu, und ein herzliches Lächeln überglänzte es. Sachte streichelte ich ihr über die Hand, und sie fasste meine Hand mit warmem Druck. Die Hunde waren zwar dabei, aber Frau Hofsäß konnte mit ihnen keinen Kontakt aufnehmen.

Über ihre Blindheit redeten wir nicht. Gebrechen waren kein Gesprächsthema, die waren da und wurden stillschweigend akzeptiert. Bald merkte ich, dass Frau Hofsäß eine geistig sehr lebhafte, intelligente Frau mit einer großen Begabung für Musik war. In dem Korb ihres Rollators hatte sie zwei Mundharmonikas, eine größere und eine kleinere, auf denen sie manchmal spielte, Lieder, zu denen ich sang, oder wohlklingende Fantasien. Wenn ich Gedichte rezitierte, fiel sie oft mit gedämpfter Stimme ein und sprach die Texte mit.

Einmal nur kam ihre Blindheit zur Sprache. Ich erinnerte mich an John Miltons Sonett »On His Blindness«. Ich las es Frau Hofsäß vor, aber da sie den Text nicht mitlesen konnte, verstand sie nicht sehr viel davon. So fühlte ich mich aufgefordert, den Text zu übersetzen. Das war eine schwierige, aber dankbare Aufgabe. Je mehr ich mit den Worten und der Form rang, desto tiefer ging mir das Verständnis für die Situation der Blinden auf. Gleichzeitig bewunderte ich die Ergebenheit des Dichters in den Willen Gottes und seine Erkenntnis, dass Gott den Menschen eigentlich zu seinem Dienst nicht braucht, dass er ihn begünstigt, wenn er ihm einen Auftrag gibt. Milton sieht seinen Auftrag darin, dass er Wache steht. (»They also serve, who only stand and wait« – auch die dienen, die nur Wache stehen.) Noch manche schöne, fruchtbare Stunde durften wir zusammen verbringen.

Bei den Festen im Alexander-Stift, zu denen die Angehörigen und die »Ehrenamtlichen« eingeladen und bewirtet wurden, spielte Frau Hofsäß Handharmonika in flottem Rhythmus. Das war ein anderer Ton, eine andere Lautstärke als die Mundharmonika, die füllten und belebten alle Räume des Stockwerks. Auch die Bettlägerigen in ihren Zimmern konnten daran teilhaben.

Nicht sehr lange war Frau Hofsäß im Alexander-Stift. Eines Tages saß auf ihrem Platz im zweiten Stock eine andere Person. »Wo ist denn Frau Hofsäß?«, fragte ich die Pflegerin. »Sie hatte einen Herzinfarkt und ist daran verstorben. Sie war sofort tot«, war die Antwort. Eigentlich ist es ihr gut gegangen. Sie litt nun nicht mehr an ihrer Blindheit und an anderen Gebrechen des Alters, die sie wohl gefühlt, aber nie beklagt hatte.

Trotzdem vermisste ich sie, ihren wachen Geist, ihre Begleitung beim Singen, ihre Zufriedenheit und Dankbarkeit. Mit mir beklagten die Pflegerinnen ihr Hinscheiden und ihre Mitbewohner, soweit sie noch verstanden, was Vermissen heißt. Ist es nicht schön, wenn ein alter Mensch nach seinem Tod vermisst wird, wenn die Hinterbliebenen nicht sagen müssen: »Wie gut, dass wir die Last der Pflege los sind? Wie gut, dass sie erlöst ist von ihren Qualen!«.

Der Göckeles-Türke

Die Bezeichnung »Göckeles-Türke« ist keinesfalls abwertend gemeint wie etwa »Kümmeltürke« oder »Knoblauchfresser«, wie die türkisch-stämmigen Mitbürger manchmal böswillig genannt werden. Dabei waren die Kümmeltürken gar keine Türken, sondern Deutsche aus landwirtschaftlich kärglichen Gegenden, die Kümmel anbauten, weil sonst nicht viel auf ihren Böden wuchs. Es ist eine Kennzeichnung der Person wie etwa »Spätzlesschwob«, weil viele Schwaben gerne Spätzle essen, oder »Schnoiter Katz«. Zu dieser Personengruppe zähle ich mich, weil ich wie fast alle meine Vorfahren in Schnait geboren bin.

Unser »Göckeles-Türke« ist ein ehrenwerter, hart arbeitender Mann. Er kam vor mehr als dreißig Jahren ins Land, als bei uns Arbeitskräftemangel herrschte und Italiener, Spanier, Portugiesen, Griechen, Jugoslawen angeworben wurden, um beim deutschen Wiederaufbau zu helfen. Italiener, Spanier und Portugiesen kamen schon in den Sechzigerjahren und sind heute entweder eingebürgert oder in ihre Heimat zurückgekehrt.

In der Nähe des Supermarkts Edeka steht eine Hähnchenbraterei auf Rädern, die von einem Türken betrieben wird. Der Mann ist wohl Ende der Vierziger, hat erwachsene Kinder, aber seine Eltern und Schwiegereltern leben noch. Im August will er sechs Wochen Urlaub machen, um die alte Heimat zu besuchen und die Verwandten dort wiederzusehen. Seinen Namen weiß ich nicht, so wie er auch die Namen seiner Kunden nicht weiß. Aber immer redet er sie sehr höflich an: »Guten Morgen, Chefiin! Was darf ich Ihnen geben?« Das i am Ende dehnt er lang, das erscheint ihm wohl besonders höflich. Es klingt auch sehr verbindlich, wie ein Lächeln. Ob er die Männer mit »Chef« anredet, weiß ich nicht. Ich bin nie gleichzeitig mit einem Mann an seinem Stand gestanden.

Wenn ich allein vor seinem Fenster stehe und auf mein Hähnchen warte – er verkauft auch halbe Hähnchen für Leute wie mich, die kein ganzes brauchen – unterhält er sich gerne eine Weile. So erfahre ich von seiner Familie, von seinem Zuhause, von seinen Zukunftswünschen.

Wie schon erwähnt, will er in diesem Sommer einmal ausgiebig Urlaub machen, denn er hat seine Verwandten in der Türkei lange nicht gesehen. Das ist besonders wichtig, weil seine Eltern und Schwiegereltern noch leben, aber wie lange noch? Seine Geschwister, soweit sie in der Türkei leben, wohnen in einem großen Haus mit sechs Wohnungen, das sie alle miteinander finanziert haben. Aber noch gehört es dem Oberhaupt der Familie, dem Vater. Der lässt seine Söhne immer noch im Unklaren darüber, wem er welche Wohnung nach seinem Tod (er ist jetzt 85 Jahre alt) zugedacht hat. In einigen Jahren, wenn der Sohn, unser Bekannter, seine Arbeit nicht mehr machen kann, will er mit seiner Frau zurück in die Türkei und bei seinen Verwandten wohnen. In Deutschland will er nicht bleiben.

Seine erwachsenen Kinder – er hat zwei Töchter und zwei Söhne – entscheiden selbst. Sie haben ihre eigenen Berufe, ihre eigenen Lebensvorstellungen, vielleicht auch bald eigene Familien. Die älteste Tochter ist einem jungen Mann versprochen. Hier blickt durch, dass die Ehe arrangiert wird von den Vätern der jungen Leute. Aber anscheinend ist die Tochter einverstanden mit dem Plan des Vaters. »Vielleicht wird am Ende der Sommerferien die Hochzeit sein, wenn auch der jüngere Sohn, der auf seinen Mastertitel hinarbeitet, noch für zwei Wochen bei der Familie sein kann.«

Die jüngste Tochter ist jetzt zwölf Jahre alt und reist mit den Eltern in die Türkei. »Sie kann ja nicht allein hierbleiben, sie muss bei uns sein«, sagt der Vater.

»Wie ist Ihr Tageslauf? Wo bekommen Sie die Hähnchen?«, frage ich ihn. Heute Morgen um sechs Uhr ist er nach Möglingen bei Ludwigsburg gefahren. Dort hat er tiefgefrorene Hähnchen geholt. Sie sind im Kühlwagen aus dem Osten gekommen, grillfertig zubereitet. Die Würzflüssigkeit muss nämlich ganz langsam in das Fleisch eindringen, sonst sind die Hähnchen im Innern fad. Je nach seinem Absatz fährt er ein- oder zweimal die Woche nach Möglingen und holt sich die Hähnchen. Einen Teil davon legt er zu Hause in die Tiefkühltruhe, die anderen nimmt er mit in seinen Wagen. Auch dort hat er eine kleinere Kühltruhe, in der er die Hähnchen langsam auftauen lässt. »Gefroren auf den Stab stecken und erhitzen ist nicht gut. Es kann sein, dass die aufgetaute Haut verbrennt und das Fleisch innen roh bleibt«, unterrichtet er mich.

Während wir uns unterhalten, steckt er eine Reihe weiterer Hähnchen auf einen langen Stab und befestigt ihn links und rechts unten in seinem Grill. An der rechten Seite dreht er an einem Schalter. Darauf fängt der Stab sich an zu drehen, während im Hintergrund Rot aufleuchtet. Die Hähnchen auf der oberen Schiene sind rundum knusprig braun. Dort dreht er den Schalter zurück, nimmt den Stab heraus und streift das vorderste Hähnchen ab. Mit einer großen Geflügelschere schneidet er es genau hälftig auseinander und verpackt beide Teile in je eine Tüte. Die ist außen aus Papier und innen mit einer Plastiktüte ausgestattet. So bleibt das Fett drinnen und die Wärme für einige Zeit erhalten. »So, Chefiin, das macht drei Euro. Heute kriegen sie fünfzig Cent Rabatt, weil Ferienanfang ist.«

Da keine weiteren Kunden kommen, konnten wir lange plaudern. Ich habe den Eindruck, dass er mir sehr gerne Auskunft gibt. Vielleicht fühlt er sich doch noch immer als Fremder und freut sich, wenn man ihn als Menschen mit Frau und Kindern sieht und nicht nur als »Dienstleister«, als Fremdling.

Frau Hilda

Eine Patientin im Krankenhaus

Im Februar 2017 musste ich wegen einer Lungenentzündung ins Krankenhaus. Ein helles, geräumiges Zimmer war es, in das ich gebracht wurde. Im Bett in der Nähe des Fensters lag eine schlafende Frau. Sie hatte den Kopf weit zurückgelegt und atmete mit offenem Mund. »Hoffentlich fängt sie in der Nacht nicht an zu schnarchen!«, wünschte ich mir. Das hätte eine große Störung für mich bedeutet, weil ich einen leichten Schlaf habe. Aber diese Sorge war unbegründet. Frau Hilda schlief die meiste Zeit des Tages und auch in der Nacht ruhig und ohne zu schnarchen. Sie war eine sehr angenehme Zimmergenossin.

Über Frau Hildas Bett hing ein Schild, auf dem stand, dass sie keine festen Speisen bekommen durfe, weil sie Schluckhemmungen habe und nicht richtig schlucken könne. Ihre Nahrung bekam sie über eine Sonde in der Nase.

Am Samstag, meinem zweiten Tag im Krankenhaus, kam eine ältere Frau zu Besuch. Sie stellte sich als die Schwester von Frau Hilda vor. Notgedrungen musste ich die Unterhaltung der beiden Schwestern mit anhören, denn ich konnte nicht aufstehen. Sie sprachen davon, dass Frau Hilda am Montag heimgeholt werden solle. Im Stillen fragte ich mich, wie das gehen sollte, diese pflegebedürftige Frau nach Hause zu nehmen. Aber letztlich ging mich das ja nichts an. Wenn die Verwandten sich der Pflege gewachsen und sich alle dabei wohlfühlten, war es gut.

Am Sonntagvormittag kam eine Therapeutin und beschäftigte sich mit Frau Hilda. Danach erschien sie viel munterer. Als das Mittagessen kam, wurde vor sie ein Teller mit Grießbrei und

Erdbeersoße gestellt. Dazu bekam sie einen Dessertlöffel. Das Kopfteil wurde hochgestellt, sodass sie bequem sitzen konnte.

Nun fing sie an, kleine Löffelchen voll in den Mund zu schieben und langsam und genüsslich zu schlucken. Von Zeit zu Zeit tupfte sie sich sorgfältig mit der Papierserviette den Mund ab. Es war ein Vergnügen zuzuschauen, wie sie das Essen genoss.

Nach dem Mittagessen setzte die Pflegerin sie in einen Therapiestuhl. Der war sehr bequem und erlaubte der Patientin einen Rundumblick im Zimmer und zum Fenster hinaus.

Die Aussicht, morgen wieder heimzukommen, hatte Frau Hilda sehr belebt, aber auch aufgeregt. Voller Ungeduld fragte sie am Nachmittag: »Wann kommt denn meine Schwester?« – »Wann kommt denn mein Besuch?« Alle Augenblicke kam die gleiche Frage; alle Beruhigungsversuche verfingen nicht. Um sie auf andere Gedanken zu bringen, fing ich an, ihr die Geschichte der Schwestern Maria und Martha von Bethanien zu erzählen. Natürlich schmückte ich die einfache biblische Geschichte aus und schilderte das Gastmahl des Lazarus in allen Details: wie Lazarus seinen Gästen die Füße gewaschen hat, weil sie heiß und staubig waren, wie Martha in der Küche die Suppe, den Braten und den Salat bereitet hat, ihre Mühe in der heißen Küche und ihre Enttäuschung, als sie sich von ihrer Schwester Maria alleingelassen sah. Ich beschrieb auch die Steinkrüge, in denen der Wein kühl gehalten wurde. Diese Schilderungen faszinierten Frau Hilda so, dass sie wahrscheinlich das Ende gar nicht mehr mitbekam, wie Jesus zwischen der geschäftigen Marta und der aufmerksamen Zuhörerin Maria vermittelte. Zwischendurch kam eine Pflegerin herein. Die Patientin fragte sie: »Kann ich bei Ihnen einen Wein bestellen?« – »Nein, Wein gibt es im Krankenhaus nicht!« – »Aber wir sind doch hier im Hotel, und ich hätte so gern ein Viertele – nein, bloß ein Achtele Rotwein und ein Wurstbrot.«

Als bald danach die Schwester kam, erzählte ich ihr, dass Frau Hilda bei der Pflegerin ein Gläsle Wein und ein Wurstbrot bestellen wollte. »Hilda, wo sind wir denn hier?«, fragte sie ihre Schwester. »Ha, im Hotel«, sagte Frau Hilda fröhlich. Da bekam ich eine

Ahnung, welchen Stellenwert, welche Bedeutung die Märchenerzähler auf den Basaren des Morgenlandes haben, dass sie ihren Lebensunterhalt reichlich verdienen mit ihrer Erzählkunst.

Am Montag wurde Frau Hilda von ihren Verwandten nach Hause geholt. Zwei Wochen später las ich in der Zeitung, dass sie nun endgültig heimgegangen war. Sie sei friedlich eingeschlafen. Mir bleibt sie trotz der kurzen Zeit, die wir zusammen verbrachten, in fröhlicher Erinnerung.

Oben links: Die kleine Lydia im Alter von etwa zehn Monaten. Oben rechts: Meine Schwestern Elisabeth (geb. 1933) und Marta (geb. 1935). Unten: Lydia und Martin, 1930.

Oben links: Die Hebamme Sophie Silberberger mit ihren Zwillingen Hans und Gretel. Oben rechts: Elsa arbeitet im Garten. Unten: Elsa und Inge ruhen aus.

Oben links: Lydia Stilz bei der Begleithundeprüfung.
Oben rechts: Max Drkosch mit Jagdteckeln.
Unten: Margot Betz überreicht Preise.